हिन्द पॉकेट बुक्स

नीति शतक

भर्तृहरि संस्कृत मुक्तक काव्य परम्परा के अग्रणी कवि हैं। भारतीय साहित्य के इतिहास में भर्तृहरि एक नीतिकार के रूप में प्रसिद्ध हैं। इनके शतकत्रय *(नीति शतक, श्रृंगार शतक, वैराग्य शतक)* की उपदेशात्मक कहानियाँ भारतीय जनमानस को विशेष रूप से प्रभावित करती हैं। प्रत्येक शतक में सौ-सौ श्लोक हैं। बाद में इन्होंने गुरु गोरखनाथ के शिष्य बनकर वैराग्य धारण कर लिया था, इसलिए इनका एक लोक प्रचलित नाम बाबा भरथरी भी है।

AF674360

संस्कृत साहित्य का अमर ग्रन्थ

नीति शतक

भर्तृहरि

अनुवाद व प्रस्तुति

सत्यकाम विद्यालंकार

हिन्द पॉकेट बुक्स

पेंगुइन रैंडम हाउस इम्प्रिंट

हिन्द पॉकेट बुक्स

यूएसए | कनाडा | यूके | आयरलैंड | ऑस्ट्रेलिया | सिंगापुर
न्यू ज़ीलैंड | भारत | दक्षिण अफ्रीका | चीन

हिन्द पॉकेट बुक्स, पेंगुइन रैंडम हाउस ग्रुप ऑफ़ कम्पनीज़ का हिस्सा है,
जिसका पता global.penguinrandomhouse.com पर मिलेगा

पेंगुइन रैंडम हाउस इंडिया प्रा. लि.,
चौथी मंजिल, कैपिटल टावर -1, एम जी रोड,
गुड़गांव 122 002, हरियाणा, भारत

पेंगुइन
रैंडम हाउस
इंडिया

प्रथम संस्करण हिन्द पॉकेट बुक्स द्वारा 2010 में प्रकाशित
यह संस्करण हिन्द पॉकेट बुक्स में पेंगुइन रैंडम हाउस द्वारा 2022 में प्रकाशित

कॉपीराइट © हिन्द पॉकेट बुक्स, 2010

सर्वाधिकार सुरक्षित

10 9 8 7 6 5 4 3 2

इस पुस्तक में व्यक्त विचार लेखक के अपने हैं, जिनका यथासंभव तथ्यात्मक सत्यापन किया गया है, और इस संबंध में प्रकाशक एवं सहयोगी प्रकाशक किसी भी रूप में उत्तरदायी नहीं हैं।

ISBN 9789353496159

मुद्रकः रेप्रो इंडिया लिमिटेड

यह पुस्तक इस शर्त पर विक्रय की जा रही है कि प्रकाशक की लिखित पूर्वानुमति के बिना इसका व्यावसायिक अथवा अन्य किसी भी रूप में उपयोग नहीं किया जा सकता। इसे पुनः प्रकाशित कर विक्रय या किराए पर नहीं दिया जा सकता तथा जिल्दबंद अथवा किसी भी अन्य रूप में पाठकों के मध्य इसका परिचालन नहीं किया जा सकता। ये सभी शर्तें पुस्तक के ख़रीददार पर भी लागू होंगी। इस संदर्भ में सभी प्रकाशनाधिकार सुरक्षित हैं।

www.penguin.co.in

FSC www.fsc.org MIX Paper from responsible sources FSC® C047271

This is a legitimate digitally printed version of the book and therefore might not have certain extra finishing on the cover.

शीर्षक

नीति शतक : एक परिचय

विपदि धैर्यमथाभ्युदये क्षमा, सदसि वाक्पटुता, युधि विक्रमः।
यशसि चाऽभिरुचिर्व्यसनं श्रुतौ, प्रकृतिसिद्धमिदं हि महात्मनाम् ॥63॥

अर्थात : महापुरुष घोर विपत्ति के समय भी धैर्य नहीं छोड़ते, अधिक उन्नति होने पर क्षमाशील बने रहते हैं, सभा में बोलते हुए वाक्पटु दीखते हैं, युद्ध के समय पराक्रम धारण किए रहते हैं, यश प्राप्त करने में गहरी अभिरुचि होती है, शास्त्रों के अध्ययन का उन्हें बड़ा चस्का होता है – ये सभी गुण सज्जन पुरुषों में स्वभाव से ही पाए जाते हैं।

संस्कृत साहित्य एक ऐसा महासागर है, जिसमें अनेक नीति-रत्न हुए और संसार-भर को अपने ज्ञान-रस का पान कराया। इन रत्नों में शुक्र, भर्तृहरि, विदुर और चाणक्य को अपूर्व सम्मान मिला, परन्तु रत्नों के भी रत्न हुए भर्तृहरि, जिनकी नीति को सर्वश्रेष्ठ माना गया और बड़े-बड़े आचार्यों ने जिनके नीति-ग्रन्थ को अभूतपूर्व बताया, बल्कि यहां तक कहा गया कि नीति शतक विश्व के ढेरों नीति विषयक ग्रन्थों में महानतम है।

सातवीं शताब्दी के महान नीतिशास्त्री महाराज भर्तृहरि (670 ई.) उज्जैन के सम्राट विक्रमादित्य के बड़े भाई थे। इनकी रानी थी पिंगला, जिसके व्यभिचार को वह सह नहीं पाए। माया-मोह और सांसारिकता से उनका मन उचट गया और उन्होंने राजपाट त्यागकर वैराग्य धारण कर लिया। इसी विरक्त जीवन में उन्होंने शतकत्रय की रचना की, जिनके नाम हैं – नीति शतक, शृंगार शतक और वैराग्य शतक।

नीति शतक मनुष्य को नीतिवान बनने की प्रेरणा देता है। इसका मुख्य सन्देश यही है कि नीतिवान बनो और आगे बढ़ो! ताकि मार्ग में आने वाली मारी बाधाएं दूर हो जाएं और विजय आपके चरण चूमने लगे। संसार में रहकर कार्य करने, दूसरों के साथ व्यवहार और सम्बन्धों का निर्वाह करने के लिए एक अच्छा नीतिज्ञ होना आवश्यक है। इससे जीवन में सुख, शान्ति और यश की प्राप्ति होती है।

'श्रृंगार शतक' और 'वैराग्य शतक' महाराज भर्तृहरि के दो अन्य ग्रन्थ हैं। ये भी अपने स्थान पर अत्यधिक महत्त्वपूर्ण हैं। 'श्रृंगार शतक' में भोग-विलास का चित्रांकन करके उसकी निस्सारता को उकेरा गया है, जब कि 'वैराग्य शतक' में विरक्त जीवन के भोगे हुए सच को दर्शाकर प्राणिमात्र को वैराग्य का अर्थ और महत्त्व समझाया गया है।

नीति शतक के टीकाकार हैं संस्कृत साहित्य के मर्मज्ञ पं. सत्यकाम विद्यालंकार, जिनकी भाषा सरस और प्रवाहमय है, जिनकी लेखनी से उपजी रोचकता पाठक का मन मोह लेती है।

वास्तव में यह सत्य, धर्म और आचरण की शुद्धता को रेखांकित करने वाला प्रेरक महाकाव्य है।

महाराजा भर्तृहरि : जीवन–गाथा

नीति शतक के लेखक भर्तृहरि की जीवन-गाथा जीवन के मीठे-कड़वे अनुभवों से भरी हुई है। अपने अनुभवों और अपनी प्रतिभा के बल पर राजपाट छोड़कर वैरागी बने योगीश्वर भर्तृहरि ने नीति शतक, शृंगार शतक और वैराग्य शतक की अमर कृतियों का सजन किया। इन तीन काव्यों का नाम संस्कृत साहित्य में ही नहीं, संसार के प्रेरणात्मक साहित्य में बड़े गौरव से लिया जाता है।

मालवा प्रान्त (मध्य प्रदेश) की राजधानी उज्जैन के राजा भर्तृहरि विक्रमी सम्वत् के प्रणेता राजा विक्रमादित्य के बड़े भाई थे। छोटे भाई की योग्यता पर पूर्ण आस्था रखकर राजा भर्तृहरि ने राजकीय शासन के अनेक जटिल कार्य विक्रमादित्य के हाथों में सौंप दिए और स्वयं वैरागी बनकर ब्रह्मानन्द में लीन हो गए। तीनों शतकों की रचना उन्होंने इसी आनन्द में मग्न होकर की थी।

उस आनन्द की पराकाष्ठा तब हुई, जब राजा ने एक असाधारण रूपवती पिंगला से विवाह कर लिया। नवयुवती पिंगला के रूपपाश में बंधकर महाराजा भर्तृहरि राजकार्य से विमुख होकर पिंगला की प्रसन्नता के लिए ही सब काम करने लगे और पिंगला प्रत्यक्ष में सती-साध्वी रहकर परोक्ष में राजमहलों के एक दारोगा पर आसक्त हो गई।

भर्तृहरि के छोटे भाई विक्रम को जब पिंगला के इस पापाचार का ज्ञान हुआ तो उन्होंने बड़े भाई को सावधान किया। भर्तृहरि ने विक्रम की बातों पर विश्वास नहीं किया। पिंगला ने अवसर देखकर विक्रमादित्य पर ही यह लांछन लगा दिया कि वह दुराचारी है। उसकी नीयत खराब है। उसने कई बार मुझे पाप में धकेलने की चेष्टा की है।

पिंगला ने नगरसेठ को भी अपने जाल में फंसाकर विक्रम के विरुद्ध फरियाद करवा दी कि 'विक्रम मेरी पुत्रवधू को बुरी नज़र से देखता है।'

नगरमेठ के मुख से भी विक्रम के अनाचार की झूठी बात सुनकर भर्तृहरि ने विक्रम को देशनिर्वासन का दंड दे दिया। विक्रम उमी क्षण उज्जैन छोड़कर चले गए।

कुछ दिन बाद एक ब्राह्मण राजा भर्तृहरि के राजदरबार में आया। उसके हाथ में एक फल था। उसने राजा से कहा – "राजन, मेरी तपस्या से प्रसन्न होकर वरदानस्वरूप एक देवता मुझे यह अमर फल दे गए हैं। मैं इसे खाकर अनन्त काल तक युवा रह सकता हूं। किन्तु मुझे अपने दरिद्रतापूर्ण जीवन में यौवन सम्पन्न रहने की इच्छा नहीं है। आप इसे लेकर दीर्घकाल तक युवा रहते हुए समृद्धि का भोग कीजिए और मुझे कुछ धन दे दीजिए, जिससे मैं कुछ दिन निश्चिन्तता और आनन्द के साथ व्यतीत कर लूं।"

महाराजा ने दरिद्र ब्राह्मण को प्रचुर धन देकर अमर फल ले लिया। किन्तु उसका भोग स्वयं न करके अपनी रूपलावण्यवती पिंगला को देकर बोले — "प्रिये, यह फल मनुष्य को अमर यौवन प्रदान करता है। मैं चाहता हूं, तुम्हारा अपूर्व सौन्दर्य सदा स्थिर रहे और मैं तुम्हारी रूप-माधुरी देखते हुए जीवन कृतार्थ करता रहूं – अतः यह अमर फल तुम्हें दे रहा हूं।"

"आपकी आज्ञा शिरोधार्य है," कहकर दिखावटी संकोच दिखाते हुए पिंगला ने वह फल ले लिया। किन्तु राजा के बाहर जाते ही अपने प्रेमी दारोगा को बुलवाया। और यह कहते हुए कि – "प्राणप्रिये! संसार में मुझे तुमसे अधिक कोई प्रिय नहीं। तुम्हारा यौवन अमर बना रहे, तो मेरा आनन्द भी अमर रहेगा।" – अमर फल उसके हाथों में दे दिया।

दारोगा उस फल को लेकर सीधा अपनी प्रेयसी वेश्या के पास गया और यही कहते हुए कि "प्रिये, संसार में तुमसे अधिक मुझे कोई प्रिय नहीं। तुम्हारा यौवन अमर बना रहे तो मेरा आनन्द भी अमर रहेगा – " अमर फल वेश्या के हवाले कर दिया।

फल पाकर वेश्या सोचने लगी, 'मैं अपने घृणित शरीर के यौवन को अमर बनाकर क्या करूंगी, इसे तो मेरे प्यारे राजा भर्तृहरि खा लें, तो यह अमर फल मार्थक हो जाए।

यही सोचकर वह राजदरबार में चली गई। वहां राजा के समक्ष जाकर उसने कहा – "महाराज, आज मुझे एक आश्चर्यकारी फल मिला है। इसे खाने वालों का यौवन सदा स्थिर रहता है। मैं इसे खाऊंगी तो मारा जीवन पाप कमाऊंगी। यह तो आपके ही खाने योग्य है, जिससे आप अमर रहें और आपके राज्य में सारी प्रजा अनन्त काल तक सुखी रहे।"

वेश्या के हाथ में वही फल देखकर, जो उसने अपनी प्राणाधिक प्रेयसी पिंगला को दिया था, महाराज भर्तृहरि चकित रह गए। कुछ देर निस्तब्ध रहने के बाद उन्होंने वेश्या से वह फल ले लिया और स्वयं उसे उदरस्थ कर लिया।

बाद में गुप्तचरों द्वारा उन्होंने उस फल के एक हाथ से दूसरे हाथ में जाने, दूसरे से तीसरे और फिर अपने ही हाथों में लौट आने की कहानी का पता लगा लिया।

महारानी पिंगला के छल-कपटपूर्ण व्यवहार और पापपूर्ण विश्वासघात से उनके हृदय पर जो आघात पहुंचा, उसे वह सहन न कर सके। किन्तु इस दुर्भाग्यपूर्ण घटना ने महाराज के मोहपाश को छिन्न-भिन्न कर दिया। संसारी प्रेम की निःसारता को उन्होंने पूरी तरह से पहचान लिया। नारी-प्रेम के प्रति उनके हृदय में तीव्र विरक्ति के भाव जाग्रत हो गए।

अपनी आत्मानुभूति को तीन शतकों के काव्य में अभिव्यक्त करते हुए महाराज भर्तृहरि ने नीति शतक के आरम्भिक श्लोक में प्रेम की प्रवंचनात्मकता का रहस्य खोला है।

नारी-प्रेम से ठगे जाने के बाद महाराज अपनी विवाहिता विश्वासघातिनी पत्नी से ही नहीं – संसार के समस्त रागद्वेषमय व्यवहार से विरक्त हो गए, राजमहलों के ऐश्वर्य का सदा के लिए परित्याग करके आपने सघन वनवीथियों को ही अपना निवास बना लिया।

राजा भर्तृहरि के वन-गमन के बाद आपके छोटे भाई विक्रम मालवा के अधीश्वर बने। उनके नाम से ही विक्रमी संवत् प्रचलित हुआ।

नीति शतक

1

दिक्कालाद्यवच्छिन्नानन्तचिन्मात्रमूर्तये।
स्वानुभूत्येकमानाय नमः शान्ताय तेजसे ॥

नमस्कार

नमस्कार है उस परम ब्रह्म को, जो दसों दिशाओं के कण-कण में व्याप्त है, जिसकी सत्ता भूत, भविष्य, वर्तमान – तीनों कालों में एक सदृश रहती है; न वह क्षीण होती है, न नष्ट होती है। वह अनन्त और अविनश्वर है। समस्त विश्व के चैतन्य का वही आदि-स्रोत है। उसी की चैतन्यता से स्थावर जगत की सब शक्तियां चेतनवत व्यवहार करती हैं। वह अदृश्य है, अगम्य है, केवल अनुभूति में ही जीवात्मा उसका साक्षात्कार कर सकता है। उसका दिव्य तेज शान्त है, उसकी ऊष्मा से सब प्राणियों को प्राण मिलता है और उसके प्रकाश से अनन्त शान्ति मिलती है। ऐसे सत्-चित्-आनन्दमय परब्रह्म के चरणों में नमस्कार है।

2

यां चिन्तयामि सततं, मयि सा विरक्ता,
साऽप्यन्यमिच्छति जनं, स जनोऽन्यसक्तः।
अस्मत्कृते च परितुष्यति काचिदन्या,
धिक् तां च, तं च, मदनं च, इमां च, मां च॥

पार्थिव प्रेम झूठा

जवानी के नशे में युवक और युवती अपना विवेक खो बैठते हैं। क्षणिक यौन-सुख में ही उन्हें स्वर्ग-सुख की अनुभूति होने लगती है। वासना को ही प्रेम मानकर वे कामुकता में दिव्यता खोजने लगते हैं। इसमें स्थिर और सच्चे आनन्द की कामना करने लगते हैं। वे भूल जाते हैं कि इस वासनाजन्य प्रेम का उन्माद बहुत क्षणिक होता है, झूठा और स्वार्थ-भरा होता है। नशा उतरते ही जब सच्चाई सामने आती है, तो जवानी के फूल झड़ने लगते हैं और कांटों की चुभन से उसका तन-मन व्याकुल हो उठता है। झूठे और दिखावटी प्रेम के जाल-जंजाल में फंसने और ठोकरें खाने के बाद ही मन की आंखें खुलती हैं और मनुष्य संसारी प्रेम की प्रवंचकता और नश्वरता को पहचानकर कह उठता है – मुझे सारी दुनिया ने ठगा है। जिस सुन्दर युवती के रूप पर मुग्ध होकर मैंने अपना सब-कुछ लुटा दिया था, उसने ही मुझे धोखा दिया। मैं उसके ध्यान में डूबा रहा और वह मेरी आंखों पर परदा डालकर दूसरे प्रेमी से दिल लगा बैठी।

यौन-सुख की प्यास एक प्रेमी के आस्वाद से नहीं मिटती। वह नए-नए भोग चाहती है। उसका प्रेमी नई प्रेमिका में अनुरक्त हो गया है। और वह प्रेमिका किसी अन्य के शरीर का भोग चाहने लगी है। धिक्कार है, ऐसी प्रेयसी को, प्रेमी को, कामुकता को, कामातुर युवती को और मुझे, जो इस तरह ठगा गया।

3

अज्ञः सुखमाराधयः सुखतरमाराधयते विशेषज्ञः।
ज्ञानलवदुर्विदग्धां ब्रह्माऽपि तं नरं न रञ्जयति।।

अल्पज्ञ से अज्ञ अच्छा

सर्वथा ज्ञान शून्य को ज्ञान देकर अपने अनुकूल बना लेना आसान है, क्योंकि उसका मन नया ज्ञान धारण करने की स्थिति में होता है। जैसे सफेद वस्त्र पर कोई रंग आसानी से चढ़ जाता है, वैसे ही अभिमान शून्य सरल हृदय वाले मन को भी किसी भी नये ज्ञान के रंग में रंगा जा सकता है। ऐसा निरभिमानी व्यक्ति ही अपने मार्गदर्शक का आदेश मानकर सच्ची राह पर चल सकता है।

पूर्णतः ज्ञानी मनुष्य को अपने अनुकूल बना लेना और भी आसान होता है, क्योंकि ज्ञानी मनुष्य सदैव उदार होता है, किन्तु जो अल्पज्ञ है, उसे अपने अनुकूल बनाना असंभव है। अल्पज्ञ व्यक्ति के मन पर जो लकीर पड़ गयी, बह पत्थर की लकीर होती है, अतः अल्पज्ञ अज्ञ से भी बुरा होता है।

4

प्रसह्य मणिमुद्धरेन्मकरवक्त्रदंष्ट्रान्तरात्
समुद्रमपि संतरेत् प्रचलदूर्मिमालाऽऽकुलम्।
भुजंगमपि कोपितं शिरसि पुष्पवद्धारयेन्
न तु प्रतिनिविष्टमूर्खजनचित्तमाराधायेत्॥

दुराग्रह असाध्य रोग है

अभिमानी, अल्पज्ञ, दुराग्रही व्यक्ति को समझा–बुझाकर सच्ची राह दर्शाने का साहस दिखाने की कोशिश करना बड़े संकट का काम है, बड़ा दुःसाहस है। जीवन में मनुष्य को अनेक साहसिक कार्य करने पड़ते हैं। अपने प्राणों को संकट में डालकर भी मनुष्य उन कामों के लिए उद्यत हो जाता है। मगरमच्छ के दाढ़ों में फंसे मणिमुक्ता को निकाल लाने का साहस भी कर लेता है।

महासिंधु की उद्दाम लहरों को अपनी भुजाओं से चीरकर पार करने की हिम्मत भी कर लेता है। और क्रोध से भरे विषधर सांप को विषहीन करके गले में पुष्पहार की तरह धारण करने का उपाय भी कर लेता है।

ये सब काम दुसाध्य हैं, किन्तु इन सबसे अधिक दुस्तर कार्य है मूर्ख और दुराग्रही व्यक्ति के विवेक को जागृत करना और उसे युक्तिसंगत मार्ग पर लाना।

5

लभेत सिकतासु तैलमपि यत्नतः पीडयन्
पिबेच्च मृगतृष्णिकासु सलिलं पिपासार्दितः।
कदाचिदपि पर्यटञ्छशविषाणमासादयेत्
न तु प्रतिनिविष्टमूर्खजनचित्तमाराधयेत् ॥

हठ पर तुले मूर्ख का कोई इलाज नहीं

दुनिया में कुछ ऐसे कार्य हैं, जो असम्भव हैं। बालू में से तेल निकालना असम्भव है। मृग-मरीचिका में जलपान असम्भव है। ख़रगोश के सिर में सींग पाना असम्भव है। किन्तु इन असम्भव बातों में से किसी बात का बन जाना कदाचित सम्भव हो भी जाए, परन्तु हठ पर तुले मूर्ख को समझा-बुझाकर रास्ते पर लाना तो कभी भी सम्भव नहीं हो सकता।

बहुत प्रयत्न करने पर शायद बालू के कणों से कोई तेल प्राप्त कर ले, प्यास से व्याकुल व्यक्ति को शायद कोई मृग-मरीचिका प्रतीत होने वाले स्थल पर थोड़ी-सी आर्द्रता मिल ही जाए और कदाचित पृथ्वी के देश-देशान्तर, वनवनान्तर पर घूमते हुए विश्वयात्री को अकस्मात कहीं ख़रगोश के सींग भी मिल जाए, किन्तु यह असम्भव है कि कोई व्यक्ति हठ पर तुले मूर्ख को सद्बुद्धि दे सके।

मूर्खता की पराकाष्ठा तभी होती है, जब कोई अपने हठ पर तुल जाए। अपनी बुद्धि के सब द्वार बन्द करके केवल अपनी बात पर अड़ने वाला मूर्ख कभी सच्चाई को नहीं पा सकता। युक्ति और तर्क से उसका हठ उत्तरोत्तर बढ़ता ही जाता है।

6

व्यालं बालमृणालतन्तुभिरसौ रोद्धुं समुज्जृम्भते
छेत्तुं वज्रमणीं शिरीषकुसुमप्रान्तेन सन्नह्यते।
माधुर्यं मधुबिन्दुना रचयितुं क्षाराम्बुधेरीहते
नेतुं वाञ्छति यः खलान्पथि सतां सूक्तैः सुधास्यन्दिभिः॥

दुर्जन को कठोर दंड

कोई भी मनुष्य जन्म से नृशंस या नीच प्रकृति का नहीं होता। उसका चरित्र उसकी परिस्थितियों और शिक्षा-दीक्षा से बनता है। दोषपूर्ण परिस्थितियों में मनुष्य के स्वभाव में कठोरता, क्रूरता, विद्रोह, उच्छृंखलता आदि दुर्गुण घर कर जाते हैं और मनुष्य के स्वभाव का अंग बन जाते हैं। ऐसे अभागे व्यक्ति असामाजिक प्रवृत्तियों में ही आनन्द लेते हैं। सभ्य समाज के विद्रोही बनकर वे समय की सर्वमान्य परम्पराओं को तोड़ने और अमानुषी कार्य करने में ही जीवन की सार्थकता मानने लगते हैं।

इन दुष्ट प्रकृति के मनुष्यों का स्वभाव मीठे उपदेशों से, नेक नसीहतों से नहीं बदला जा सकता। नसीहत देने वाला उनके उपहास का पात्र बनता है। कठोर प्रकृति के उन्मत्त और दुश्चरित्र व्यक्ति का सुधार कठोर दंड से ही हो सकता है। कोमल व्यवहार से उन्हें सन्मार्ग पर लाने वाले की कोशिश करना, कोमल कमल-डंडी के बल पर मतवाले हाथी को क़ाबू करने की नाकाम कोशिश के समान असंगत होगा। जैसे वज्रसम कठोर हीरे को शिरीष कुसुम की नाज़ुक पंखुड़ी से तराशा नहीं जा सकता, इसी प्रकार दुष्ट प्रकृति के व्यक्ति की दुष्टता को नाज़ुक नसीहतों से संवारना असम्भव है। अथवा जैसे खारे जल से भरे महासागर का खारापन दो बूंद मीठे जल से दूर नहीं किया जा सकता, ऐसे ही स्वभाव से दुर्जन व्यक्ति की गहरी दुष्टता को दो-चार मीठे उपदेशों से सज्जनता में नहीं बदला जा सकता।

7

स्वायत्तमेकान्तगुणं विधात्रा विनिर्मितं छादनमज्ञतायाः।
विशेषतः सर्वविदां समाजे विभूषणं मौनमपण्डितानाम्॥

मौन : विधाता का वरदान

विधाता ने मनुष्य को भाषा-वरदान दिया है। भाषा के माध्यम से वह अपने भावों को व्यक्त कर सकता है और विचार-विनिमय द्वारा ज्ञान की वृद्धि करता हुआ उन्नति के शिखर तक पहुंच सकता है। मानव-समाज ने भाषा के प्रयोग से सर्वांगीण उन्नति की है। किन्तु भाषा का ऐसा दुरुपयोग भी हुआ है कि कई बार भाषा ही सभ्य समाज का अभिशाप बन जाती है। भाषा का प्रयोग सचाई को छिपाने, सरल प्रकृति के व्यक्तियों को ठगने और झूठ का प्रचार करने में अधिक होने लगता है। भाषा का आडम्बर हितकर होने के स्थान पर अहितकर अधिक होने लगा है। इसीलिए मानव-समाज के अत्यधिक हितैषी सन्तों या विद्वानों ने मौन की महिमा गाई है। भाषा-कोष के प्रकांड पंडित होते हुए भी उन्होंने मौन को अपनाया है; मौन धारण से उनकी चिन्तन-शक्ति में असाधारण वृद्धि भी हुई है। मौन ने उन्हें मिथ्या-भाषण से भी बचाया है।

कम बोलने या मौन से जिनका लाभ हुआ है, ऐसे दूसरे प्रकार के व्यक्ति वे हैं, जिन्होंने चिन्तन का अभ्यास नहीं किया एवं जो वाचाल विद्वानों के बीच तब तक मूर्ख कहलाते हैं, जब तक वे समय-असमय निरंकुश बोलते रहते हैं। वाणी का मौन उनके लिए वरदान सिद्ध होता है। मौन के कारण उनके ज्ञान की गहराई को या उथलेपन को मापा नहीं जा सकता। इसलिए उन्हें स्वभाव से सन्त और उनकी विद्वत्ता को अथाह मान लिया जाता है। व्यावहारिक नीति यही है कि अपेक्षाकृत कम चिन्तनशील व्यक्ति मौन को अपना कवच बना ले। ऐसे व्यक्ति का मौन ही उसका आभूषण बन जाता है। मौन के अनेक गुणों में यह गुण भी कम महत्त्वपूर्ण नहीं।

8

यदा किञ्चिज्ज्ञोऽहं द्विप इव मदान्धः समभवं
तदा सर्वज्ञोऽस्मीत्यभवदवलिप्तं मम मनः।
यदा किञ्चित्किञ्चिद् बुधजनसकाशादवगतं
तदा मूर्खोऽस्मीति ज्वर इव मदो मे व्यपगतः॥

अल्पज्ञता का आभास ही सर्वोच्च ज्ञान

मनुष्य जब ज्ञान की एक सीमा-रेखा तक पहुंचता है, तब उसे सबसे बड़ा ज्ञान यही होता है कि अभी उसने कुछ नहीं जाना; अभी जानना इतना शेष है कि शायद इस जन्म में वह ज्ञान-महासागर के तट पर ही पहुंच पाएगा।

सामान्य मनुष्य जब प्रारम्भ में थोड़ा-बहुत सीखना-जानना शुरू करता है, तो बहुत जल्दी अपने को प्रकांड पंडित मान लेता है। ज्ञान ग्रहण करने की क्षमता जिसकी जितनी कम होती है, उतनी ही जल्दी वह अपने को पूर्ण विद्वान समझना शुरू कर देता है। भौतिक विज्ञान के दो-चार सिद्धान्त समझने के बाद हम समझने लगते हैं कि हमने सृष्टि के सब रहस्यों को समझ लिया है। किन्तु इस युग का सर्वश्रेष्ठ वैज्ञानिक आइंस्टीन, विज्ञान के शिखर पर पहुंचकर भी यही घोषित कर गया कि अभी उसने कुछ नहीं जाना, और यदि कुछ जाना है तो इतना ही जाना है कि अभी इस ज्ञान-सिन्धु का कोई किनारा दिखाई नहीं देता, यह अनन्त है। जो जितना कम जानता है, उसे अपने ज्ञान का उतना ही अभिमान होता है। अल्पज्ञ मनुष्य मदोन्मत्त हाथी की तरह अन्धा हो जाता है। यह उन्मत्तता उसके ज्ञान-चक्षु को बन्द कर देती है। यह अभिमान उसे और अधिक ज्ञान ग्रहण करने के अयोग्य बना देता है। ज्ञान का सबसे बड़ा शत्रु है अहंकार। विनम्र होकर ही मनुष्य नया ज्ञान पा सकता है, अपने से अधिक ज्ञानी विद्वान के चरणों में बैठकर उसके ज्ञान और अनुभव का लाभ उठा सकता है। ज्ञान-विज्ञान के एक शिखर पर पहुंचने के बाद ही जिज्ञासु को दूसरा शिखर दिखाई देता है, दूसरे के बाद तीसरा और फिर उसे अनन्त शिखर का आभास हो जाता है।

9

कृमिकुलचितं लालाक्लिन्नं विगन्धि जुगुप्सितं
निरुपमरसं प्रीत्या खादन्नरास्थि निरामिषम्।
सुरपतिमपि श्वा पार्श्वस्थं विलोक्य न शङ्कते
न हि गणयति क्षुद्रो जन्तुः परिग्रहफल्गुताम्॥

अधःपतन की सीमा

मनुष्य का अधःपतन कभी-कभी इस हद तक हो जाता है कि वह उस गिरावट और घृणित अवस्था में ही आनन्द लेता है। लोक-लाज या समाज का भय छोड़कर निम्न-स्तर के भोगों को ही आनन्द का विषय बना लेता है। तब उसकी स्थिति उस कुत्ते की-सी हो जाती है, जो कीड़ों से भरे, दुर्गन्धित रक्त-मांस हीन अस्थिपिंजर का भी इतनी तन्मयता से आस्वादन करता है कि उस समय यदि देवराज इन्द्र भी निकट आ जाएं, तो उनकी उपस्थिति का भी उसे आभास नहीं होगा। जब तक नीचे गिरते हुए मनुष्य को यह आभास रहता है कि वह गिरावट की ओर जा रहा है, तब तक ही उसके संभलने की आशा भी रहती है। मनुष्य का अन्तःकरण उसे चेतावनी देता रहता है। अन्तःकरण की आवाज़ को अनसुनी करके भी मनुष्य निम्न-स्तर के भोगों में आनन्द लेता रहे, तो अन्तःकरण की आवाज़ भी मन्द हो जाती है। धीरे-धीरे वह मनुष्य अपने शुभा-शुभ ज्ञान का विवेक ही नहीं, अपनी चेतना भी खो बैठता है। अधःपतन की वह स्थिति ऐसी होती है, जहां से ऊपर उठना मनुष्य के लिए असम्भव हो जाता है। इसलिए उचित यही है कि मनुष्य उस स्थिति तक पहुंचने से पूर्व ही सावधान हो जाए। स्वभाव से ही मनुष्य निर्बल होता है। सब-कुछ जानते हुए भी वह क्षणिक तृप्ति के लोभ में ऐसे नीच कार्यों में प्रवृत्त हो जाता है, जिनका परिणाम अनिवार्य रूप से बुरा होता है। किन्तु यदि वह इन कार्यों में प्रवृत्त होने के बाद भी अपनी चेतना को जाग्रत रखता है, तो किसी भी क्षण उसके जीवन में नया मोड़ आ सकता है। उसके हृदय में नई रोशनी जाग सकती है।

10

शिरः शार्वं स्वर्गात् पशुपतिशिरस्तः क्षितिधरं
महीध्रादुत्तुङ्गादवनिमवनेश्चापि जलधिम्।
अधोऽधो गङ्गेयं पदमुपगता स्तोकमथवा
विवेकभ्रष्टानां भवति विनिपातः शतमुखः ॥

शतमुखी अधःपतन

एक बार मनुष्य की विवेक-शक्ति नष्ट हो जाए, तो वह एक बार ही नहीं गिरता सौ बार गिरता है। हम जो भी विचार करते हैं, वह विचार हमारे मस्तिष्क में अकेला नहीं आता। उसके साथ शृंखलाबद्ध अनेक विचार स्वयं आ जाते हैं और सब विचार हमारे मन पर अपना प्रभाव अवश्य छोड़ जाते हैं। एक शुभविचार दूसरे शुभविचार को जन्म भी देता है। एक सद्गुण दूसरे सद्गुणों के विकास के लिए पृष्ठभूमि तैयार कर देता है और एक दुर्गुण दूसरे दुष्कर्मों की भूमिका बना देता है। गीता में कहा है — काम से क्रोध, क्रोध से सम्मोह, सम्मोह से स्मृतिनाश और स्मृतिनाश से सर्वनाश होता है। यह अनिवार्य है कि क्रम कुछ भी हो पर एक दुर्गुण दूसरे दुर्गुणों को जन्म दे। एक अधःपतन दूसरे अधःपतन का मार्ग बना दे। अधःपतन से बचने के लिए आवश्यक है कि मनुष्य पतन की पहली सीढ़ी पर ही संभल जाए। चंचल मन की स्थिति भी जल जैसी है। दोनों ढलवान की ओर वेग से जाते है। गंगा की धारा पहले स्वर्ग से शिव के मस्तक पर गिरी, वहां से हिमालय पर गिरी, फिर पृथ्वी की ओर बह चली और नीचे की ओर बहते-बहते इतनी गिरी कि समुद्र में गिरकर अपना अस्तित्व ही खो बैठी। इस जलधारा की तरह उन मनुष्यों की भी यही गति होती है, जो अपना विवेक खो बैठते हैं। विवेक द्वारा अपने सद्गुणों को पहचान कर मन की पूरी संकल्प-शक्ति और दृढ़ता से उनका विकास करना ही मनुष्य का कर्तव्य है, अन्यथा एक गिरावट के बाद दूसरी गिरावट का आना अनिवार्य है।

11

शक्यो वारयितुं जलेन हुतभुक् छत्रेण सूर्यातपो
नागेन्द्रो निशिताङ्कुशेन समदो दण्डेन गोगर्दभौ।
व्याधिर्भेषजसंग्रहैश्च विविधैर्मन्त्रप्रयोगैर्विषं
सर्वस्यौषधमस्ति शास्त्रविहितं मूर्खस्य नास्त्यौषधम् ॥

मूर्खता निःसाध्य रोग

विज्ञान ने प्रायः सभी रोगों के निवारण या शमन का उपाय खोज लिया है; मानव मस्तिष्क ने सभी संकटों से बचने का रास्ता ढूंढ़ लिया है, किन्तु अभी तक मूर्ख को सुधारने का कोई उपाय नहीं निकाला। पानी से आग की ज्वाला शान्त होती है। छाता सूर्य की गरम धूप को ढक लेता है। तीक्ष्ण अंकुश से मदमत्त हाथी क़ाबू में आ जाता है। डंडे का प्रहार गौ-गर्दभ जैसे पशु का दमन कर लेता है। विविध मन्त्रों के प्रभाव से विष का निराकरण सम्भव है। इस युग में सभी रोगों और संकटों के उपायों का आविष्कार हो गया है, किन्तु अभी तक मूर्ख की मूर्खता के निराकरण का कोई सफल प्रयोग नहीं हो सका। कारण यह है कि अन्य वस्तुओं का या पशुओं का हम केवल दमन करना चाहते हैं, लेकिन मूर्ख का केवल हम दमन करना नहीं चाहते — सुधार चाहते हैं। मूर्खता को दूर कर उसे विवेकशील बनाना चाहते हैं। और इस कार्य में मूर्ख अपना सहयोग नहीं देता। वह अपने को पूर्ण ज्ञानी मानता है। जिस क्षण कोई मूर्ख अपने को किसी से भी कम बुद्धिमान स्वीकार कर लेगा, उसी क्षण उसकी मूर्खता दूर होनी शुरू हो जाएगी। कठिनाई यह है कि हर इंसान अपनी बुद्धि को सबसे श्रेष्ठ मानता है। अतः कुछ अंशों में हम सभी मूर्ख हैं। बुद्धिमान हम उतनी ही मात्रा में हैं, जिस मात्रा में हम अपने को मूर्ख या अनजान स्वीकार करते हैं। सच यही है कि जो जानते हैं कि वे कुछ नहीं जानते — वही सच्चे ज्ञानी हैं, बुद्धिमान हैं।

12

साहित्यसङ्गीतकलाविहीनः साक्षात्पशुः पुच्छविषाणहीनः।
तृणं न खादन्नपि जीवमानस्तद्भागधेयं परमं पशूनाम् ॥

मनुष्य और पशु में अन्तर

साहित्य, संगीत और कला से शून्य मनुष्य, मनुष्य रूप में बिना पूंछ और सींग वाला साक्षात पशु है। वह घास न खाकर भी जीता है, यह अन्य पशुओं का सौभाग्य समझना चाहिए। विधाता ने मनुष्य को जिन विशेष स्वाभाविक प्रवृत्तियों के साथ जन्म दिया है, उनमें एक यह भी है कि मनुष्य अपने गुणों का विकास कर सकता है, विकास कर चरम सीमा तक पहुंच सकता है, और पशु अपनी जन्मजात प्रवृत्तियों में से किसी में भी न परिवर्तन कर सकता है, न उसका विकास कर सकता है।

मनुष्य के अन्तःकरण में जो गुण बीजरूप से विधाता ने रख दिए हैं, उनका किंचित भी विकास किया जाए, तो प्रत्येक देहधारी मनुष्य में साहित्य, संगीत और कला के प्रति रुचि होना स्वाभाविक है। इन गुणों के विकास से ही मनुष्य मनुष्य बनता है। इनके साथ ही विश्व-मानव का धर्म, संस्कृति, ज्ञान, विज्ञान और सभ्यता का इतिहास जुड़ा हुआ है।

मानव-हृदय में प्रेम, सहानुभूति, करुणा आदि दिव्य-भावनाओं का उदय भी इन्हीं तीन गुणों के विकास से हुआ है। जीवन की सभी पुण्यमूलक कल्याण-भावनाओं और सरस प्रवृत्तियों का उद्भव भी साहित्य-संगीत और कलात्मक रुचियों से ही होता है। इनके बिना मनुष्य केवल हिंसक तथा पाशविक वृत्तियों का पुतला बनकर रह जाता है। मनुष्य का जीवन जंगल के नृॅशस पशुओं से भी बुरा बन जाएगा।

13

येषां न विद्या न तपो न दानं ज्ञानं न शीलं न गुणो न धर्मः।
ते मर्त्यलोके भुवि भारभूताः मनुष्यरूपेण मृगाश्चरन्ति॥

मनुष्य रूप में पशु कौन?

मनुष्य-योनि पाकर भी जिसने अपनी उन्नति के लिए कोई प्रयत्न नहीं किया और न ही दूसरों की सहायता में योगदान दिया, उसने मनुष्य जन्म पाने का कोई लाभ नहीं उठाया। उसका मानव शरीर पाना व्यर्थ हो गया। आकृति में ही वह मनुष्य तुल्य है, अन्यथा वह पशु से भी गया-बीता है और व्यर्थ ही पृथ्वी का बोझ बढ़ा रहा है। इससे तो अच्छा था कि वह जन्म ही न लेता।

किसी भी आत्मा को बड़े भाग्य से ही मनुष्य का शरीर मिलता है। जन्म-मरण की अनन्त यात्रा में यह ऐसा पड़ाव है, जहां से आत्मा अपने सद्गुणों का विकास करके शाश्वत आनन्द प्राप्त कर सकता है। अपने परम लक्ष्य तक पहुंच सकता है। किन्तु उसके लिए मनुष्य को नया ज्ञान प्राप्त करना होता है। तप और साधना से ज्ञान संचय करना होता है। दान ही संचय का लक्ष्य है। केवल ज्ञान लाभ करने में ही जीवन की सार्थकता सिद्ध नहीं होती। उसे व्यवहार में लाकर शीलवान. विनम्र. सदाचारी भी बनना होता है। जो ज्ञान मनुष्य के व्यवहार को सात्विक न बनाए, उसका कोई लाभ नहीं होता।

मानव-योनि पाकर भी जिसने सत्य-असत्य के भेद को नहीं पहचाना एवं शाश्वत सत्य की प्राप्ति के लिए ईश्वर-प्रदत्त गुणों का विकास नहीं किया, उसने मनुष्य-जन्म व्यर्थ ही पाया। सच तो यह है कि उसने मनुष्य का शरीर ही पाया, उसके काम स ब और आत्मा पशुवत ही रहे।

14

वरं पर्वतदुर्गेषु भ्रान्तं वनचरैः सह।
न मूर्खजनसम्पर्कः सुरेन्द्रभवनेष्वपि ॥

मूर्ख के साथ मेल-जोल नहीं

समस्त ऐश्वर्य से सम्पन्न राजप्रासाद में किसी मूर्ख या दुर्जन के संग निवास करने की अपेक्षा सिंह, व्याघ्रादि वन्य पशुओं से घिरे वन-पर्वतों में भटकना अच्छा है।

राजमहलों में शारीरिक सुख के सभी साधन सुलभ होते हैं। भोजन में नवरसपूर्ण पकवान मिलता है। सोने को सुवासित शयन-कक्ष होता है। सेवा के लिए यथेष्ट दास-दासियां होती हैं। निस्सन्देह ऐसी सुख-सामग्री बड़ी सुखद होती है। किन्तु यदि इनमें निवास करते हुए किसी मूर्ख के साथ अनिवार्य रूप से रहना पड़ता है, तो समस्त सुख-सुविधाओं के बीच कुछ क्षण रहना भी एक सज्जन व्यक्ति के लिए दूभर हो जाता है, क्योंकि एक मूर्ख का सहवास इतना अधिक मानसिक कष्ट दे देता है कि उसके सामने महलों के ऐशो-आराम फीके पड़ जाते हैं। मूर्ख के संग कुछ क्षण बिताने भी बड़े कष्टप्रद होते हैं। मूर्ख व्यक्ति प्रायः स्वार्थी और संकीर्ण हृदय के होते हैं। उनका मन चंचल होता है। न तो वे स्वयं शान्त रहते हैं और न संगी-साथी को शान्त रहने देते हैं।

ऐसे स्वार्थी, संकीर्ण, अधीर और अशान्त व्यक्ति के साथ महलों का ऐश्वर्य भोगने की अपेक्षा वन-पर्वतों के वन्य-पशुओं के बीच रहना हज़ार दर्जे अच्छा है। निर्जन वन का एकान्त मानसिक शान्ति देता है। मन का सुख ही सच्चा सुख है। मन अशान्त हो तो शरीर का भोग भी सुख नहीं देता।

15

शास्त्रोपस्कृतशब्दसुन्दरगिरः शिष्यप्रदेयाऽऽगमाः
विख्याताः कवयो वसन्ति विषये यस्य प्रभोर्निर्धनाः।
तज्जाड्यं वसुधाधिपस्य कवयस्त्वर्थं विनापीश्वराः।
कुत्स्याः स्युः कुपरीक्षका हि मणयो यैरर्घतः पातिताः॥

कवि-प्रतिभा सम्मान योग्य

जिस राजा के शासन में प्रतिभाशाली कवि और विद्वानों का सम्मान न हो और उन्हें निर्धन रहकर जीवन-यापन करना पड़े, वह शासन अयोग्य है, जड़तापूर्ण है। सर्व सम्मानित और विख्यात कवि बनना भी आसान नहीं है। आप्त शास्त्रों के निरन्तर अध्ययन-मनन से जिनकी वाणी परिमार्जित और प्रांजल है एवं जो अपने ज्ञान को अपनी परिधि तक ही सीमित न रखकर दूसरों को भी साहित्य एवं काव्य-शैली की दीक्षा देते हैं, वही शासन द्वारा अर्थप्राप्ति के अधिकारी होते हैं। राज्य को शक्तिशाली बनाने में कवियों का बड़ा हाथ होता है। वे न केवल जन-मानस का प्रतिनिधित्व करके शासन को लोकप्रिय बनाने में सहायक होते हैं, अपितु लोक-चेतना में राज्य एवं देश के प्रति प्रेम जगाकर जनता को अनुशासित तथा देशभक्त बनाने का भी कार्य कर सकते हैं। इतिहास साक्षी है कि विदेशी आक्रमणों के अवसर पर कवियों ने देश के युवकों में देश-प्रेम की ऐसी अदम्य भावना भरी है कि युवकों ने युद्ध-क्षेत्र में राज्य की रक्षा के लिए हंसते-हंसते प्राण समर्पित किए हैं। सुयोग्य कवियों का उचित सम्मान न करने वाला. शासक स्वयं अपनी मूर्खता और अयोग्यता के लिए लज्जित होता है। कोई मूर्ख अगर मूल्यवान मणि-माणिक्य को फेंक दे, तो भी मणि-माणिक्य का मूल्य नहीं घटता। उसका मूल्य तो बना ही रहता है। लेकिन रतन पारखी की मूर्खता अवश्य प्रकट होती है। सच्चा जौहरी वही है, जो रत्नों का मूल्य पहचाने। सच्चा राजा भी वही है, जो देश के शिरोमणि कवियों का आदर करे।

16

हर्तुर्याति न गोचरं किमपि शं पुष्णाति यत्सर्वदा-
ऽप्यर्थिभ्यः प्रतिपाद्यमानमनिशं प्राप्नोति वृद्धिं पराम्।
कल्पान्तेष्वपि न प्रयाति निधनं विद्याख्यमन्तर्धनं
येषां तान्प्रति मानमुज्झत नृपाः! कस्तैः सह स्पर्धते॥

विद्या–धन सबसे महान

ज़मीन-जायदाद के मालिकों और धन-दौलत से सम्पन्न श्रीमानों को अपने बड़प्पन का बड़ा अभिमान होता है। ऐसे धन-मदान्ध मालिक विद्वानों को अपने सामने तुच्छ मानते हैं और उन्हें तिरस्कार की दृष्टि से देखते हैं। वे नहीं जानते कि संसारी धन-दौलत की तुलना में विद्या-धन का मूल्य बहुत अधिक है। विद्या का वैभव धन-वैभव से कहीं अधिक मूल्यवान और विशिष्ट है। धन-सम्पदा चिरस्थायी नहीं होती। उसे एक हाथ से दूसरे हाथ जाते देर नहीं लगती। उसे चोरों की नज़र से बचाना कठिन हो जाता है, जब कि विद्या वैभव तक चोरों की नज़रें कभी पहुंच ही नहीं सकती।

विद्या-धन की ऐसी अन्य कई विशेषताएं हैं, जिनका दुनिया की दौलत में अभाव है। विद्या-धन से सम्पन्न विद्वान के लिए सच्चे सुख का द्वार खुल जाता है, जो दौलत वालों के लिए प्रायः बन्द रहता है। विद्या-धन की एक विशेषता यह है कि यह धन देने से बढ़ता है। जितनी उदारता से इसका वितरण किया जाए, उतनी ही शीघ्रता से इसमें वृद्धि होती है। और इस ज्ञान-धन की सबसे बड़ी विशेषता यह है कि कल्पान्त तक, मृत्यु के बाद भी यह धन निःशेष नहीं होता। इस जीवन में अर्जित ज्ञान मृत्यु के बाद भी संस्कार-रूप में सूक्ष्म शरीर का अंग बनकर आत्मा के साथ जाता है और अगले जन्म में मनुष्य को श्रेष्ठतर योनि देने में सहायक होता है।

17

अधिगतपरमार्थान् पण्डितान् माऽवमंस्था-
स्तृणमिव लघु लक्ष्मीर्नैव तान् संरुणद्धि।
अभिनवमदलेखाश्यामगण्डस्थलानां
न भवति बिसतन्तुर्वारणं वारणानाम् ॥

प्रभु–प्रेम के आगे सब तुच्छ

जिन्हें परमार्थ-प्राप्ति का मार्ग मिला है, उनके लिए मोक्ष का द्वार भी खुल गया। वे जीवन-मुक्त हो गए। जिन्हें प्रभु का प्यार मिल जाता है, और जो पूरे मन से प्रभु की राह पर चल पड़ते हैं, संसार की कोई बाधा उनके पथ का पत्थर नहीं बन सकती। संसारी मानापमान से वे विचलित नहीं होते। वे संसार के सब प्रलोभनों से ऊपर उठ जाते हैं। जिनके हृदय में आत्म-ज्योति के सूर्य का प्रकाश फैल जाता है, उनका मन संसारी अपमान-अवहेलना से कुंठित नहीं होता। दुनियावी सुख-सम्पदा की ओर उनकी नज़र ही नहीं उठती। धन-दौलत की लालसा उनके हृदय को स्पर्श भी नहीं करती।

सामान्य मनुष्य आजीवन लक्ष्मी के गुलाम रहते हैं। धन-दौलत कमाना और धन से प्राप्त होने वाले विलास का भोग करना ही उनके जीवन का लक्ष्य होता है। किन्तु जिन्हें हृदय में परमार्थ साधन की कुंजी मिल गई है, वे प्रभु के प्रेम में इतने मस्त रहते हैं कि उनकी दृष्टि में लक्ष्मी का मूल्य एक तिनके से अधिक नहीं रहता। लौकिक यश की उन्हें चाह नहीं रहती। प्रभु के प्यार में मगन होकर वे परमार्थ पर निर्बाध चलते जाते हैं। वित्तषणा या लोकेषणा, धन-वैभव की लालसा उनके मार्ग में उसी प्रकार अवरोध पैदा नहीं कर सकती, जिस प्रकारं अभिनव मदधारा से मंडित मस्तक वाले मदोन्मत्त हाथी को कमल के तन्तुओं से बनी कोमल रस्सी नहीं बांध सकती। अतः धन-वैभव में आकंठ फंसे धनिकों या राजाओं को संसार-विरक्त सच्चे साधु-सन्तों के अपमान से दूर रहना ही उचित है।

18

अम्भोजिनीवनविहारविलासमेव
हंसस्य हन्ति नितरां कुपितो विधाता।
न त्वस्य दुग्धजलभेदविधौ प्रसिद्धां
वैदग्ध्यकीर्तिमपहर्तुमसौ समर्थः ॥

गुणी को किसी का भय नहीं

जिसके पास कोई विद्या है, वह सर्वत्र सम्मानित होगा। उसे किसी व्यक्ति की अकारण अप्रसन्नता से भयभीत होने की आवश्यकता नहीं।

प्रायः धन-सम्पन्न व्यक्ति विद्वान की विद्वत्ता का उचित मूल्य नहीं लगाते। वे समझते हैं कि धन के बल पर सबको ख़रीदा जा सकता है। वे विद्वान व्यक्ति को सेवक बनाकर क्रीतदास की तरह रखना चाहते हैं। उनके अनुचित और तिरस्कारपूर्ण व्यवहार को वही लोग सहते हैं, जो सच्चे अर्थों में विद्वान प्रतिभाशाली नहीं हैं। प्रतिभा का धनी विद्वान इस तिरस्कार की अपेक्षा निर्धन किन्तु स्वाभिमानी जीवन बिताना अधिक पसन्द करेगा।

कोई भी धनी या व्यवसायी व्यक्ति नाराज़ होने पर विद्वान को अपनी नौकरी से तो अलग कर सकता है, किन्तु उसकी विद्या या प्रतिभा से उसे अलग नहीं कर सकता। अपनी प्रतिभा के बल पर वह विद्वान कहीं भी स्वाभिमानपूर्ण जीवन-यापन कर सकता है। जिसका जो स्वाभाविक गुण है, उसे उससे वंचित करने की क्षमता किसी में भी नहीं होती। स्वयं विधाता भी इस कार्य में असमर्थ है। हंस का स्वाभाविक गुण है कि वह दूध और पानी को अलग कर सकता है। हंस से कुपित होने पर विधाता उसका निवास-स्थान छीन सकता है, किन्तु उसके नीर-क्षीर-विवेक की बुद्धि को नहीं छीन सकता।

19

केयूराणि न भूषयन्ति पुरुषं, हारा न चन्द्रोज्ज्वलाः
न स्नानं, न विलेपनं, न कुसुमं, नालङ्कृता मूर्द्धजाः।
वाण्येका समलङ्करोति पुरुषं या संस्कृता धार्यते,
क्षीयन्ते खलु भूषणानि सततं, वाग्भूषणं भूषणम् ॥

वाणी का शृंगार ही सच्चा शृंगार

प्रत्येक मनुष्य समाज में आदर चाहता है। प्रायः सामाजिक सम्मान पाने के लिए ही शरीर का शृंगार किया जाता है। किन्तु यदि वाणी में कड़वाहट है, तीखापन है, तो कोई भी शृंगार मनुष्य को अपने साथियों में या समाज में आदर व स्नेह नहीं दिला सकता। बातचीत में मधुरता न हो, बोलने के तौर-तरीक़े में तिरस्कार की व्यजंना हो, तो गहनों से नखशिख लदा मनुष्य भी किसी से आदरपूर्ण व्यवहार की आशा नहीं कर सकता। मीठे बोल से ही बदले में मीठा व्यवहार मिलता है। सुन्दर बाज़ूबन्द, चांदनी-सा चमकीला मोतियों का हार, सुवासित जल का स्नान, चन्दन का लेप, पुष्पहार, केशों का सुन्दर अवगुठन आदि सभी शृंगार-प्रसाधन मनुष्य के शरीर की ऐसी शोभा के कारण अवश्य बन सकते हैं, जिन्हें देखकर इन गहनों को धारण करने वाला शायद अपने को ऊंचा मानने लगे, अहम्मन्य हो जाए, किन्तु यह अहंकार उसे समाज में शोभास्पद स्थान नहीं दिला सकता। अतः इन मूल्यवान रत्नों को सच्चा आभूषण नहीं कह सकते। इन आभूषणों की चमक-दमक नश्वर है, इनका मूल्य घटता-बढ़ता रहता है। सच्चा भूषण तो मधुर वाणी का भूषण ही है। बिल्कुल सादा स्वच्छ वस्त्र पहनकर संयत एवं मधुर वाणी से तथा मीठे व्यवहार से मनुष्य जो सम्मान पाता है, वह जगमग करते हीरों के प्रदर्शन से नहीं पा सकता। वाणी का संयम मनुष्य की संस्कृति का आवश्यक गुण है। भावावेश में मनमानी बात कहने वाला मनुष्य सभ्य-समाज में कभी आदर नहीं पाता। अतः प्रत्येक मनुष्य को उचित है कि धन-दौलत से भी अधिक वाणी में मिठास लाने का यत्न करे।

20

विद्या नाम नरस्य रूपमधिकं प्रच्छन्नगुप्तं धनं,
विद्या भोगकरी यशःसुखकरी, विद्या गुरूणां गुरुः।
विद्या बन्धुजनो विदेशगमने, विद्या परं दैवतं,
विद्या राजसु पूज्यते न हि धन, विद्याविहीनः पशुः॥

विद्या–बल सर्वश्रेष्ठ

रूप-लावण्य का संसार में बड़ा आदर होता है, किन्तु विद्वान व्यक्ति कुरूप हो तो भी सभ्य समाज में सबका श्रद्धापात्र बन जाता है। जैसे छिपा हुआ धन चोरों से सुरक्षित रहकर समय-असमय में बहुत काम आता है, उसी प्रकार विद्वान की विद्वत्ता को भी कोई चुरा नहीं सकता है और वह भी समय-असमय बहुत काम आती है। विद्या के बल पर मनुष्य संसार के समस्त ऐश्वर्यों का भोग कर सकता है। देश-विदेश में यशस्वी बन सकता है। सच तो यह है कि कोई भी ऐसा सुख नहीं जो विद्वान को सुलभ न हो। विद्या किसी एक विषय के विशेष ज्ञान का नाम नहीं है। किसी भी विषय का गहन ज्ञान पाकर मनुष्य विद्वान बन सकता है। वह ज्ञान भौतिक विद्याओं का हो या आध्यात्मिक विद्या का, दोनों प्रकार के ज्ञान सच्चे साधक को विद्वान बनाते हैं। केवल किताबी ज्ञान से भी मनुष्य विद्वान नहीं बनता। हर प्रकार के व्यावहारिक ज्ञान से ही मनुष्य का वैचारिक ज्ञान पूर्णता को प्राप्त होता है। अमल में आने वाली विद्या के अध्ययन या अध्यापन से ही मनुष्य विद्वान नहीं बनता। अनजाने देशों में प्रवास के समय या किसी संकट के समय भी विद्या बहुत सहायक बनती है। किसी लक्षाधिपति के लाखों रुपये के व्यय से जो काम नहीं बनता, वह विद्वान के वचनों से बन जाता है। विद्या ही मनुष्य के मन को सच्ची शान्ति देती है और शान्त मन ही शाश्वत सुख का भोग कर सकता है। अतः विद्या ही वरदान देने वाली दिव्यशक्ति है–दैवी सम्पदा है। राजा धनी व्यक्ति से धन लेता है, किन्तु विद्वान की पूजा करता है। इसीलिए प्रत्येक व्यक्ति को विद्या ग्रहण करने का यत्न करना चाहिए।

21

क्षान्तिश्चेत्कवचेन किं, किमरिभिः क्रोधोऽस्ति चेद्देहिनां,
ज्ञातिश्चेदनलेन किं, यदि सुहृद्दिव्यौषधैः किं फलम्।
किं सर्पैर्यदि दुर्जनाः किमु धनैर्विद्याऽनवद्या यदि,
व्रीडा चेत्किमु भूषणैः, सुकविता यद्यस्ति राज्येन किम् ॥

क्षमा और प्रेम ही सच्चे रक्षक

मानवोचित गुणों में क्षमा का बड़ा महत्त्व है। जो व्यक्ति अनजाने में किए गए या जानबूझकर किए गए अपमान अथवा शत्रुतापूर्ण कार्य का बदला नहीं लेता, वह अजात शत्रु हो जाता है, मनुष्य नहीं देवता बन जाता है। शत्रुता को प्रेम से ही जीता जा सकता है। किन्तु यह तभी सम्भव है, जब क्रोध पर विजय हासिल कर ली जाए। क्रोध से तो सगे-सम्बन्धी और मित्र भी बहुत जल्दी शत्रु बन जाते हैं। सगे रिश्तेदारों के प्रति क्रोध आना किसी अजनबी के प्रति क्रोध से भी अधिक स्वाभाविक हो जाता है। इंसान अजनबी को जल्दी माफ़ कर देते हैं, स्वजातीय को नहीं। क्योंकि निकट के अपने लोग जब शत्रुता करते हैं, तो जानबूझकर योजनाबद्ध शत्रुता करते हैं। ऐसी शत्रुता को क्षमा कर देना बहुत कठिन काम है। इसीलिए कहा है कि घर की आग से घर जलता है, बाहर की लपटों से नहीं।

जिन व्यक्तियों का विशेष योजनापूर्वक मिलन होता है, उनका स्नेह उतना अच्छा नहीं होता, जितना किन्हीं दो निःस्वार्थी व्यक्तियों का। ऐसे सहृदय, सज्जन मित्र मिल जाएं तो मनुष्य का मन सदा स्वस्थ और प्रफुल्लित होगा, और वह मानसिक कष्टों से भी सर्वथा सुरक्षित रहेगा। किन्तु यह तभी होगा जब मिलने वाले सज्जन का मन स्वच्छ और निस्पृह होगा। दुर्जन व्यक्ति सांप से भी अधिक विषैले होते हैं। सांप से काटे व्यक्ति का उपाय होता है, दुर्जन व्यक्ति का प्रहार सांप के विषैले ज़हर से भी ख़तरनाक होता है।

पास में विद्या हो तो विद्वान को धन संचय की आवश्यकता नहीं। अपने ज्ञान के बल से ही वह समाज में इतना आदर पा लेता है कि उसे धन-वैभव के प्रदर्शन की आवश्यकता नहीं रहती। स्त्री का सबसे प्रसिद्ध आभूषण उसकी लज्जा है। आभूषणों के भार से लदी औरत के मन में अहंकार पनपता है। लज्जाशील स्त्री का लावण्य दुगुना हो जाता है।

प्रतिभाशाली कवि का मन राज्यशक्ति के मद में उन्मत राजा से अधिक शान्त और प्रसन्न रहता है। वह अपने कल्पना-सुख के सामने राजकीय वैभव को भी तुच्छ समझता है।

अतः मनुष्य को क्षमा, निःस्वार्थ प्रेम.और काव्य-रुचि का विकास करना उचित है; धन-वैभव की वृद्धि की ओर अधिक ध्यान देना नहीं।

22

दाक्षिण्यं स्वजने, दया परिजने, शाठ्यं सदा दुर्जने,
प्रीतिः साधुजने, नयो नृपजने, विद्वज्जने चार्जवम्।
शौर्यं शत्रुजने, क्षमा गुरुजने, नारीजने धूर्तता,
ये चैवं पुरुषाः कलासु कुशलास्तेष्वेव लोकस्थितिः॥

यथायोग्य व्यवहार

संसार के सब कार्यकलाप, व्यापार-व्यवहार, लोगों में ऐसे विशिष्ट गुणों की विद्यमानता के कारण चल रहे हैं, जिनसे लोक-मर्यादा प्रतिष्ठित है।

ये गुण हैं – अपने निकट के सम्बन्धियों के प्रति उदार व्यवहार और सर्वसामान्य के प्रति दया। दुर्जन के प्रति दया एवं उदार व्यवहार प्रदर्शित करना उचित नहीं। धूर्तों के साथ शठता ही ठीक है। स्नेह का सम्बन्ध स्वभाव से सरल साधु लोगों के साथ ही जोड़ना चाहिए। राज्य शासन से नीतिपूर्वक चलना ही अभीष्ट है। विद्वानों के आगे मनुष्य जितना विनम्र रहे शत्रु के आगे उतना ही शौर्य प्रदर्शन करे। गुरुजन के प्रति स्नेह, सहिष्णुतापूर्वक व्यवहार रखना जितना आवश्यक है, अशिक्षित स्त्रियों के प्रति वैसा सरल व्यवहार करना उतना ही अव्यावहारिक है। अभिप्राय यह है कि मनुष्य को लौकिक व्यवहार करते हुए परिस्थिति के अनुसार मानसिक स्थिति में आवश्यक परिवर्तन करते रहना चाहिए।

जो व्यक्ति स्वार्थी एवं आत्मकेन्द्रित है, वह सबको स्वार्थपरायण समझेगा। और स्वार्थ प्रेरित कार्य करते हुए दया-दाक्षिण्य का कारण दयालु व्यक्ति की निर्बलता को समझेगा।

उचित यही है कि आत्म-सम्मान की रक्षा करते हुए मनुष्य सन्तुलित मन से यथायोग्य व्यवहार करे।

23

जाड्यं धियो हरति, सिञ्चति वाचि सत्यं,
मानोन्नतिं दिशति, पापमपाकरोति।
चेतः प्रसादयति, दिक्षु तनोति कीर्तिं,
सत्सङ्गतिः कथय किं न करोति पुंसाम् ? ॥

सत्संग से ही सर्वांग विकास

मनुष्य का चरित्र केवल शिक्षा-दीक्षा से ही नहीं बनता, चरित्रवान गुरु और साथियों के संग से भी बनता है। प्रतिभावान साथियों की संगति से मनुष्य की बुद्धि पैनी होती है, ज्ञान बढ़ता है। विचार-विनिमय से बौद्धिक जागरण, प्रगति अवश्यम्भावी है। मूर्ख साथियों के संग रहने से बुद्धि पर मैल चढ़ जाता है और बुद्धि का कोई प्रयोग न होने के कारण उसमें ऐसी जड़ता आ जाती है कि किसी भी विषय पर मनन-चिन्तन की इच्छा नहीं होती। सत्संगति के प्रभाव से सच बोलने की आदत पड़ती है। वाणी का मैल दूर होता है। चारों ओर यश फैलता है। समाज में आदर-प्रतिष्ठा मिलती है। सच्चे-खरे लोगों से मेल-मिलाप होता है। परिणामस्वरूप मनुष्य के सामाजिक स्तर में चौमुखी उन्नति होती है।

सज्जनों के संग से पाप भावना दूर होती है। विषयभोग की ओर प्रवृत्ति प्रायः कुसंग से ही बढ़ती है। संगी-साथी दुश्चरित्र हो तो मनुष्य कदापि चरित्रवान नहीं बन सकता। अच्छे साथी मिलने से चित्त प्रसन्न होता है। मानसिक शान्ति और आत्मिक आनन्द के लिए भी सच्चे गुरु और सच्चे साधकों की संगत अनिवार्य है। सच तो यह है कि मनुष्य का सर्वांगीण विकास अच्छी संगति मिलने से ही सम्भव है।

24

जयन्ति ते सुकृतिनो रससिद्धाः कवीश्वराः।
नास्ति येषां यशःकाये जरामरणजं भयम्॥

कवि सदा जवान

मानवी भावनाओं को रसात्मक शैली में कहने वाले कवि कभी वृद्ध नहीं होते और न उनका यश क्षीण होता है। उनका सृजनशील मन सदा जवान रहता है।

कवि-हृदय प्राकृतिक सुषमा और मानव स्वभाव रसात्मक अनुभूतियों का एक सदृश रसास्वाद करते हैं। सदा यौवना प्रकृति के पुजारी होने से उनका मन भी सदा युवा रहता है तथा प्रसन्नता से सदा खिला रहता है। उदासी की घटा उनके हृदय को कभी घेरती नहीं। वे प्रत्येक ऋतु का आनन्द लेते हैं, नित्य नवीन रूप से सजने वाली वन-वीथियां और नए रगों में खिलने वाली कलियां उनके तन-मन को रस-विभोर करती रहती हैं।

कवि का जो आनन्द उसकी काव्य-सृष्टि में उभरता है, वह भी शाश्वत होता है। कवि के पंच-भौतिक नश्वर देह के अवसान के बाद भी उसकी कविता जीवित रहती है और अमर काव्य के माध्यम से उनका यश भी अजर और अमर रहता है। उनकी कीर्ति को न जरा का भय है और न मृत्यु का।

कवि सदा आनन्दमय रहता है, उसकी आनन्द प्रसविनी सृष्टि सदा यौवन रहती है।

25

सूनुः सच्चरितः, सती प्रियतमा, स्वामी प्रसादोन्मुखः,
स्निग्धं मित्रमवश्चकः परिजनो, निष्क्लेशलेशं मनः।
आकारो रुचिरः, स्थिरश्च विभवो, विद्यावदातं मुखं,
तुष्टे विष्टपकष्टहारिणि हरौ सम्प्राप्यते देहिनाम्॥

प्रभु–कृपा से ही सौभाग्य

सौभाग्य का ही दूसरा नाम प्रभु-कृपा है। कृपा निष्कारण या अकस्मात नहीं होती। सन्मार्ग पर निरन्तर प्रयत्नपूर्वक चलने वालों को ही प्रभु के सुखदायी सौभाग्य का वरदान मिलता है। जिसे प्रभु का यह वरदान प्राप्त होता है, उसकी सन्तान अवश्य चरित्रवान होगी। इससे उसके परिवार में कभी क्लेश नहीं होगा। पत्नी पतिव्रता होगी। पति के सुख-दुख में पत्नी पूरा साथ निभाएगी। दुख को घटाएगी, सुख में वृद्धि करेगी। उसके अधिकारी साथी प्रसन्नचित्त होंगे। तुनकमिजाज या अकारण रुष्ट और प्रसन्न होने वाले कटुभाषी नहीं होंगे। ऐसे प्रभु-कृपा-पात्र व्यक्ति के मित्र, स्नेही और रिश्तेदार निश्छल भाव से प्रेम करने वाले होंगे। उस भाग्यशाली का मन मानापमान के क्लेश से दूर रहेगा। मन की स्वस्थता के कारण उसकी देह भी रोगरहित रहेगी। शरीर की सुन्दरता स्थिर रहेगी। इतने गुणों के कारण उसे अपने परिश्रम का पूरा प्रतिफल मिलेगा। धन-सम्पदा उसके चरण चूमेगी। सच्चे साधनों से उपार्जित धन सदा. स्थिर रहता है। अनैतिक साधनों से जमा किए हुए धन की स्थिरता सदा सन्दिग्ध रहती है। प्रभु-कृपा से प्राप्त धन अस्थिर नहीं होता। कल्याणकारी कार्यों में उदारतापूर्वक दिया गया धन और भी बढ़ता है – इसलिए प्रभु-भक्त धनिक की सम्पदा कभी ह्रासोन्मुख नहीं होगी। ऐसे सर्वतोमुखी सौभाग्यशाली का मन कभी नवीन ज्ञान पाने से विमुख नहीं होगा। भौतिक समृद्धि होते हुए भी वह विद्या-व्यसनी होगा। संसार में रहता हुआ भी उसमें इतना आसक्त नहीं होगा कि ईश्वर को धन्यवाद दिए बिना अहंकार में डूब जाए।

26

प्राणाघातान्निवृत्तिः परधनहरणे संयमः, सत्यवाक्यं,
काले शक्त्या प्रदानं, युवतिजनकथामूकभावः परेषाम्।
तृष्णास्त्रोतोविभङ्गो, गुरुषु च विनयः, सर्वभूतानुकम्पा,
सामान्यः सर्वशास्त्रेष्वनुपहतविधिः श्रेयसामेष पन्थाः॥

आचार संहिता की पृष्ठभूमि

संसार में जितने भी धर्म हैं, सब अपनी दृष्टि से कल्याण का मार्ग बतलाते हैं। किन्तु कुछ ऐसे मौलिक नियम हैं, जिनके सम्बन्ध में सभी धर्म सहमत हैं। उन नियमों में से कुछ ये हैं –

किसी जीव की हिंसा न की जाए। प्रत्येक प्राणी ईश्वर की सष्टि का एक अंग है। किसी के भी प्राण लेना ईश्वरीय नियम में दखल देना है, इसलिए धर्मविरुद्ध है। पराये धन का अपहरण करने से मन को रोकना दूसरा नियम है। ईश्वर सबके कर्मानुसार जो भोग देता है, उसमें ही सन्तुष्ट रहना चाहिए। सत्य बोलना भी शाश्वत नियमों का महत्त्वपूर्ण अंग है। इसमें यथासम्भव कोई अपवाद नहीं होना चाहिए। अपनी योग्यता के अनुसार दान देना भी मानव-धर्म का महत्त्वपूर्ण अंग है। कुछ नियम सामाजिक आचार-व्यवहार के भी हैं, जिनका पालन आवश्यक है। यौवन-प्राप्त कन्याओं के सम्बन्ध में निरर्गल बातचीत से बचना चाहिए। मन में कुछ विचार हों तो भी मौन रहना ही श्रेष्ठ है। मानसिक प्रलोभनों पर संयम रखना भी सुसंस्कृत जीवन के लिए आवश्यक है। अपने से बड़े और विद्वान पुरुषों के आगे विनम्र रहने से उनका आशीर्वाद प्राप्त होता है, और मार्ग-दर्शन मिलता है। सभी धर्म-शास्त्र इस आचार संहिता पर एकमत हैं।

27

प्रारभ्यते न खलु विघ्नभयेन नीचैः,
प्रारभ्य विघ्नविहता विरमन्ति मध्याः।
विघ्नैः पुनः पुनरपि प्रतिहन्यमानाः
प्रारभ्य चोत्तमजना न परित्यजन्ति॥

निम्न, मध्यम और उत्तम

कुछ लोग ऐसे होते हैं, जो केवल इस भय-भावना से अपना कार्य प्रारम्भ नहीं करते कि बीच में अनेक विघ्न आएंगे, अनेक कठिनाइयां आएंगी, जिनसे पार पाना उनके लिए कठिन होगा। ये लोग कायर हैं। इनमें आत्मविश्वास नहीं होता, इसीलिए ये किसी भी कार्य को प्रारम्भ ही नहीं कर सकते। अतः इनका जीवन-स्तर सबसे निम्न रहता है।

दूसरी क़िस्म के वे लोग हैं, जो कार्य को आरम्भ तो कर देते हैं, किन्तु थोड़ा भी विघ्न आने पर हताश होकर छोड़ देते हैं। इनमें किसी भी कठिनाई से जूझने का साहस नहीं होता और न ही ऐसी सूझ-बूझ होती है कि वे विघ्नों से बचने का उपाय खोज सकें। ये मध्यम एवं औसत दर्जे के लोग कहलाते हैं। उत्तम श्रेणी के व्यक्ति वे हैं, जो पूरे आत्मविश्वास के साथ मन चाहे काम को शुरू करते हैं, कठिनाइयां आती हैं, किन्तु वह हर कठिनाई का उपाय और दृढ़ अध्यवसाय तथा साहस के साथ काम करते हुए अपने लक्ष्य तक पहुंच जाते हैं। ऐसे पुरुषार्थी, साहसी और दृढ़संकल्प व्यक्ति ही उत्तम श्रेणी के मनुष्य कहलाते हैं। इनका जीवन सदा सुखी और सम्पन्न रहता है।

28

असन्तो नाऽभ्यर्थ्याः, सुहृदपि न याच्यः कृशधनः,
प्रिया न्याय्या वृत्तिर्मलिनमसुभङ्गेऽप्यसुकरम्।
विपद्युच्चैः स्थेयं, पदमनुविधेयं च महतां,
सतां केनोद्दिष्टं विषममसिधाराव्रतमिदम्॥

सत्पुरुष स्वभाव से महान

सज्जनों का जीवन-मार्ग तलवार की धार पर चलने के समान कठिन है। इतने दुर्गम मार्ग पर चलने के लिए जो विवेक, साहस और धैर्य आदि गुण चाहिए, वे किसी गुरु की शिक्षा-दीक्षा से प्राप्त नहीं हो सकते। वे तो अनेक जन्मों के पुण्यफल से ही प्राप्त होकर सज्जन के स्वभाव का अंग बन जाते हैं और सज्जन सहज ही उस मार्ग पर चलता जाता है।

स्वभावगत गुणों से सम्पन्न व्यक्ति जानते हैं कि कदापि किसी भी अवस्था में दुर्जन के सामने प्रार्थी बनकर नहीं जाना चाहिए। किसी सहृदय सज्जन मित्र से मांगना बुरा नहीं, किन्तु धनहीन मित्र से आर्थिक सहायता की मांग करना भी अनुचित है। सत्पुरुष अपने पुरुषार्थ से कमाए धन से सन्तुष्ट रहते हैं। प्राणों पर संकट आने पर भी वे पाप-कर्म में प्रवृत्त नहीं होते और आत्मरक्षा के लिए भी नीचतापूर्ण कार्य नहीं करते, ऊंचे आदर्शों पर स्थिर रहते हैं। महापुरुषों के पद-चिह्नों पर चलते हुए वे श्रेष्ठतम कल्याण-मार्ग के पथिक बने रहते हैं। इतने सद्गुणों का ख़ज़ाना उन्हें प्रभु-कृपा से जन्मना प्राप्त होता है। अपने ही विवेक के आधार पर कोई इतने गुणों का स्वामी नहीं बन सकता।

29

क्षुत्क्षामोऽपि जराकृशोऽपि शिथिलप्रायोऽपि कष्टां दशा-
मापन्नोऽपि विपन्नदीधितिरपि प्राणेषु नश्यत्स्वपि।
मत्तेभेन्द्रविभिन्नकुम्भकवलग्रासैकबद्धस्पृहः
किं जीर्णं तृणमत्ति मानमहतामग्रेसरः केसरी॥

पुरुषार्थ से ही भाग्योदय

मनुष्य स्वभाव से ही ऐसा स्वाभिमानी प्राणी है, जो अपने पौरुष के बल पर पाए धन का भोग करने में ही सच्ची प्रसन्नता का अनुभव करता है। जो पुरुष दूसरे के कमाए धन का भोग करते हैं, वे अपने स्वाभाविक गुणों का परित्याग करके नीचे दर्जे के स्तर पर गिर जाते हैं।

जंगल का राजा शेर भी ऐसा ही पुरुषार्थी और स्वाभिमानी पशु है। वह भूखा भले ही रह जाए, किसी अन्य के शिकार को मुंह नहीं लगाता। और न ही धान खाकर ही भूख मिटाने की कोशिश करता है। सदा मतवाले हाथियों के खंडित मस्तक का रक्त पीकर भूख-प्यास बुझाने वाला शेर भले ही भूखा हो या बूढ़ा होकर शिथिल हो गया हो, कदापि रूखी-सूखी घास खाकर गुज़ारा करने की इच्छा नहीं करता।

पौरुषप्रिय मनुष्य को भी उचित है कि वह विपत्ति के समय भी स्वाभिमान न छोड़े। कठिन समय आने पर और भी कठोर परिश्रम करे। जो मनुष्य धैर्यपूर्वक अपने श्रम के अनुरूप फल पाने की प्रतीक्षा करे। जो मनुष्य थोड़ी-सी कठिनाई आने पर मन का उत्साह खो बैठता है, और निराश होकर निचले दर्जे पर उतर आता है, वह ऊंचा उठने के अवसर भी खो बैठता है। जीना हो तो माथा ऊंचा रखकर जिए अन्यथा यशस्वी मृत्यु को स्वीकार कर ले।

30

स्वल्पस्नायुवसावशेषमलिनं निर्मांसमप्यस्थिकं
श्वा लब्ध्वा परितोषमेति, न तु तत्तस्य क्षुधाशान्तये।
सिंहो जम्बुकमङ्कमागतमपि त्यक्त्वा निहन्ति द्विपं,
सर्वः कृच्छ्रगतोऽपि वाञ्छति जनः सत्त्वानुरूपं फलम् ॥

ऊंचे आदमी की शोभा ऊंचे काम से

जिसने समाज में यशस्वी जीवन जीने का संकल्प किया है, उसे मुसीबत आने पर भी ऐसा काम नहीं करना चाहिए, जो उसे अपयश का पात्र बनाए। इस संकल्प पर पूरा उतरने के लिए मन को मज़बूत करना पड़ता है, शरीर को कष्टों के कांटों-भरे रास्तों से गुज़ारना पड़ता है। किन्तु स्वाभिमानी बहादुर आदमी प्राणान्तक सब कठिनाइयां झेलकर भी यशस्वी जीवन के मार्ग से विचलित नहीं होता। उसके स्वभाव में शेर की-सी बहादुरी होती है। शेर का स्वभाव है कि वह पंजों में दबे सियार को छोड़कर भी भीमकाय हाथी के शिकार की ओर दौड़ पड़ता है। कुत्ते का स्वभाव इससे सर्वथा विपरीत है। वह मृत गाय आदि के मलिन-मांस से सनी हड्डी को चूसते रहने में ही प्रसन्न रहता है। उस सूखी हड्डी से कुत्ते का उदर-पोषण नहीं होता, किन्तु हड्डी चबाकर सन्तुष्ट रहना कुत्ते का स्वभाव बन गया है। मनुष्य को ऐसी निम्न-स्तर की प्रवृत्ति से दूर रहना चाहिए। शेर की तरह शौर्य सम्पन्न कार्यों में रुचि लेना ही पुरुष को यशस्वी बनाता है। साहसिक कार्यों के प्रारम्भ करने और कठिनाइयां आने पर भी उन्हें अन्त तक निभाने में ही पुरुष-जीवन की सार्थकता है। ऐसे सत्साहसी व्यक्ति की कीर्ति ही अमर होती है। ऐसे साहसी-शूरवीर व्यक्तियों से समाज और देश का गौरव बढ़ता है।

31

लाङ्गूलचालनमधश्चरणावघातं,
भूमौ निपत्य वदनोदरदर्शनं च।
श्वा पिण्डदस्य कुरुते, गजपुङ्गवस्तु
धीरं विलोकयति, चाटुशतैश्च भुङ्क्ते॥

चाटुकारिता श्वानवृत्ति

चाटुकार ख़ुशामदी लोग उस भूखे कुत्ते के समान होते हैं, जो रोटी का एक टुकड़ा पाने के लिए, देने वाले के सामने दुम हिलाता है, क़दमों पर लोटता है और ज़मीन पर लेटकर पेट दिखाता है। कुत्ता स्वभाव से चाटुकार होता है। मनुष्य को ऐसे कुत्ते के समान व्यवहार करना उचित नहीं।

अपने आश्रयदाता का सम्मान करना, उसके प्रति कृतज्ञ और विनम्र होना एक बात है। किसी सीमा तक विनय का उचित प्रदर्शन करना भी बुरा नहीं। किन्तु स्वाभिमान को ताक पर रखकर पेट पालने के लिए ख़ुशामद करना दूसरी बात है। जो सेवक ऐसा करते हैं, वे मानवोचित व्यवहार नहीं, श्वानोचित व्यवहार करते हैं। प्रायः अन्य पशु भी इस हद तक अपने स्वामी को प्रसन्न करने की कोशिश से दूर रहते हैं। हाथी भूखा रह जाएगा, मगर ख़ुशामद नहीं करेगा। धैर्यपूर्वक उचित समय की प्रतीक्षा करते हुए वह स्थिरभाव से खड़ा रहेगा, बल्कि मालिक से ही ख़ुशामदें कराकर भोजन करेगा।

सेवक-स्वामी के सम्बन्ध में ख़ुशामद की नौबत नहीं आनी चाहिए। परस्पर सहयोग की भावना रहे, तो एक-दूसरे का सम्मान करते हुए दोनों स्वाभिमान पर प्रहार किए बिना अपने सम्बन्ध कायम रख सकते हैं। सेवक भी अपने परिश्रम का पुरस्कार पाता है। भिक्षावृत्ति नहीं करता। केवल भीख मांगने वाले को ही ख़ुशामद की ज़रूरत पड़ती है। किसी भी परिश्रम से जीविका उपार्जित करने वाले को ख़ुशामद की आवश्यकता ही नहीं होती।

32

परिवर्तिनि संसारे मृतः को वा न जायते।
स जातो येन जातेन याति वंशः समुन्नतिम् ॥

यशस्वी जीवन ही सार्थक

प्रतिक्षण नए रूप में प्रकट होने वाले इस संसार में अनन्त जीव जन्म लेते हैं, अनन्त मौत का शिकार होते हैं। अनादि काल से जन्म-मरण का यह कालचक्र चल रहा है। अपनी इच्छा से न कोई जन्म लेता है और न कोई अपनी इच्छा से मृत्यु के प्रवाह में बहता है। इस जन्म-मरण के लक्ष्य से भी कोई परिचित नहीं और शायद कभी कोई हो भी न सकेगा।

किन्तु एक बात से सब सहमत हैं कि कुछ व्यक्तियों का जीवन अपने घर, समाज या देश की श्री-वृद्धि में सहायक हो जाता है और कुछ किसी के लिए – यहां तक कि अपने लिए भी कोई उपयोगी कार्य नहीं कर पाते। उनका जीवन सार्थक नहीं होता, वे व्यर्थ ही जन्म लेते हैं और व्यर्थ ही मर जाते हैं। उनकी उपयोगिता किसी के लिए भी नहीं होती। मनुष्य-जीवन का अन्तिम लक्ष्य कुछ भी हो, यह बात सब मानते हैं कि इतना लक्ष्य तो हर व्यक्ति का होता ही है कि उसे जो कुछ सहज प्राप्त हुआ है, उसमें उन्नति की जाए। नीचे से ऊपर उठना, पीछे से आगे बढ़ना मनुष्य का स्वभाव है।

कुछ मनुष्य ऐसे होते हैं, जो बचपन में ही हतोत्साह हो जाते हैं। उनकी महत्त्वाकांक्षा मन्द हो जाती है। किसी भी साहसिक कार्य करने में उनका मन नहीं लगता। वे इतने आत्म-केन्द्रित हो जाते हैं कि अपने वंश या देश के गौरव को बढ़ाने योग्य कार्य करने की उनमें इच्छा ही नहीं रहती। ऐसे व्यक्ति क्षुद्र और क्षणिक उत्तेजना देने वाले कार्यों में ही शक्ति का अपव्यय करते हैं। अतः यशोलाभ के प्रति रुचि जाग्रत रखना प्रत्येक मनुष्य का कर्तव्य है, अन्यथा मनुष्य का जीवन सर्वथा अनुपयोगी हो जाता है।

33

कुसुमस्तबकस्थेव द्वयी वृत्तिर्मनस्विनः।
मूर्ध्नि वा सर्वलोकस्य, शीर्यते वन एव वा॥

मनस्वी पुरुषों का मूलमन्त्र

फूलों की दो गतियां होती हैं – या तो पुष्पहार बनकर वे मन्दिर के देवता एवं यशस्वी पुरुषों के गले में सुसज्जित होते हैं अथवा एकान्त वन में अकेले ही खिलकर मुरझा जाते हैं। मनस्वी पुरुषों का भी यही मूलमन्त्र है।

मनस्वी महापुरुष प्रायः जन्म से ही अपनी आन-बान के पक्के होते हैं। अपनी प्रतिज्ञा से वे अपना एक महान लक्ष्य निर्धारित करते हुए लक्ष्यसिद्धि के लिए अपनी जान की बाज़ी लगा देते हैं। छोटे-मोटे स्वार्थ-साधनों के लिए संघर्ष करने का उनके पास समय नहीं होता और अपने से विरोधी आदर्शों पर वे समझौता नहीं करते। मतलबपरस्त दुनिया के आगे वे माथा नहीं टेकते। बड़े-से-बड़े संकट झेलने को वे सदा तैयार रहते हैं, किन्तु सत्य और न्याय के मार्ग पर चलते हुए उन्हें जो भी कठिनाई आए, ख़ुशी से झेलते हैं। प्रायः यही होता है कि ऐसे असाधारण व्यक्ति ही युगपुरुष बनते हैं। असत्य और अन्याय से अकेले ही युद्ध करते हुए प्राणों का परित्याग करना पड़ता है। ईसा को फांसी के तख़्ते पर लटकना पड़ा। राणाप्रताप को राजगद्दी छोड़कर वन-वृक्षों की छाया में शरण लेनी पड़ी। महात्मा गांधी अकेले ही नोआखाली के शोलों में भटकते रहे और अन्त में गोली के शिकार हुए। महर्षि दयानन्द और स्वामी श्रद्धानन्द शहीद हो गए, लेकिन सत्य और न्याय का मार्ग नहीं छोड़ा। ऐसे दृढ़व्रती, स्वाभिमानी महापुरुषों की स्थिति ऐसे फूल की तरह ही है, जो यदि मन्दिर के प्रतिष्ठित देवता या देवपुरुष के शृंगार का साधन न बन पाए, तो एकान्त में जीवनमुक्त होकर ही जीना पसन्द करते हैं। वे संसारी ऊंच-नीच, मानापमान से दूर रहते हैं।

34

सन्त्यन्येऽपि बृहस्पतिप्रभृतयः सम्भाविताः पञ्चषा-
स्तान्प्रत्येष विशेषविक्रमरुची राहुर्न वैरायते।
द्वावेव ग्रसते दिनेश्वरनिशाप्राणेश्वरौ भासुरौ
भ्रातः ! पर्वणि पश्य दानवपतिः शीर्षावशेषाकृतिः ॥

समान स्तर के व्यक्तियों से ही मैत्री या विरोध

महान व्यक्तियों की मैत्री भी अपने ही स्तर के ऊंचे व्यक्तियों से होती है और उनका विरोध भी अपने ही स्तर के व्यक्तियों से होता है। आकाश में वृहस्पति प्रभृति अनेक ग्रह-उपग्रह हैं, किन्तु राहु उन ग्रहों को अपना ग्रास नहीं बनाता। उनके प्रति उसकी उपेक्षावृत्ति रहती है। वह अपना बल-पराक्रम पूर्णिमा के दिन पूरी तरह चमकते हुए चन्द्रमा पर या समस्त ब्रह्मांड के ज्योतिः स्रोत सूर्य के विरुद्ध ही प्रदर्शित करता है। महान पुरुष महत्त्वशाली तभी बनता है, जब वह किसी असाधारण रूप से सामर्थ्यवान किन्तु अन्यायी या अत्याचारी व्यक्ति के विरुद्ध संघर्ष करता है। कंस के अत्याचारों से प्रजा की रक्षा करने को ही कृष्ण ने सुदर्शन चलाया था। परोपकार की भावना से महापुरुष अपने पौरुष का प्रदर्शन करते हैं। छोटे व्यक्ति अपने क्षुद्र स्वार्थों की पूर्ति के लिए क्षण-प्रतिक्षण के संघर्षों में शक्ति का अपव्यय करते रहते हैं। महापुरुषों के जीवन का लक्ष्य सदैव किसी महान लक्ष्य की पूर्ति के लिए होता है। वे अपनी शक्ति महत्तर कार्यों को सिद्ध करने के हेतु ही सुरक्षित रखते हैं।

महान आदर्शों के प्रति अटूट निष्ठा और महान-से-महान संकट आने पर भी पूरे विश्वास और दृढ़-संकल्प के साथ युद्ध करते हुए विजय लाभ करना ही महान को महान बनाता है। जहां सत्य होता है, वहीं जयलाभ होता है – और जहां जय हो तभी अमरकीर्ति प्राप्त होती है।

35

वहति भुवनश्रेणिं शेषः फणाफलकस्थितां,
कमठपतिना मध्येपृष्ठं सदा स च धार्यते।
तमपि कुरुते क्रोडाधीनं पयोधिरनादरा-
दहह! महतां निःसीमानश्चरित्रविभूतयः ॥

जीवन की सार्थकता परमार्थ में

इस सीमाहीन ब्रह्मांड का आकार-प्रकार ही असीम नहीं, अपितु इसके सभी तत्त्वों की शक्ति भी असीम है – अपरिमित है और अज्ञात भी।

यहां कौन किसके आश्रय पर अवस्थित है – यह किसी को ज्ञात नहीं। सब-कुछ रहस्यमय है। पुराणों के अनुसार पृथ्वी के सब लोक शेषनाग के फन पर अवस्थित हैं। बड़ी आसानी से वह विशाल विश्व का बोझ अपने फनों पर संभाले हुए है। किन्तु शेषनाग की स्थिति भी पराश्रित है। उसे कच्छपराज ने अपनी पीठ के मध्य भाग पर धारण कर रखा है। कच्छप को महासिन्धु ने अपनी गोद में आश्रय दिया हुआ है। महासिन्धु का आश्रयदाता कौन है? यह प्रश्न अब तक जिज्ञासा का विषय बना हुआ है।

वस्तुतः प्रकृति की सब महाशक्तियां परस्पराश्रित हैं। महाशक्तियों की विभूति का मूल कारण ही यह है कि वे किसी अन्य महाशक्ति को भी अपनी परिधि में धारण करती हैं। उनके असीम सामर्थ्य का उपयोग किसी अन्य को आश्रय देने में होता है। इसीलिए संसार में सब-कुछ परस्पराश्रित है। सूर्य-चन्द्र ग्रह, उपग्रह सब एक-दूसरे पर आश्रित हैं और एक-दूसरे के सहयोग से विश्व-यज्ञ का संचालन कर रहे हैं। सत्य तो यह है कि दूसरे को सहारा देने वाले को ही सर्वशक्तिमान का सहारा मिलता है। परहित जीवन बिताने वाले का हित परम प्रभु स्वयं करते हैं। इस जीवन की सार्थकता दूसरों को सहारा देने में ही है।

36

वरं पक्षच्छेदः समदमघवन्मुक्तजकुलिश-
प्रहारैरुद्गच्छद्बहुलदहनोद्गारगुरुभिः
तुषाराऽद्रेः सूनोरहह! पितरि क्लेशविवशे
न चासौ सम्पातः पयसि पयसां पत्युरुचितः॥

सुपुत्र का कर्तव्य

किसी को सहारा देने या संकटकाल में किसी के सहायक बनने के स्थान पर जो अपनी जान बचाने के लिए बच निकलते हैं, उनका जीवन सार्थक नहीं होता।

पुराणों की नीति-कथा है कि जब मदोन्मत्त देवराज इन्द्र अपने आग्नेय वज्र से पर्वतराज के पंख जला रहा था, तो पर्वत-पुत्र मैनाक अपने विषादग्रस्त पिता को संकट में छोड़कर स्वयं प्राण-रक्षा के लिए सागर से मैत्री करके उसके अन्तराल में जा छुपा। यह अच्छा नहीं किया। अच्छा तो यह होता कि मैनाक अपने पिता की रक्षा करते हुए देवराज के वज्रप्रहार को अपनी पीठ पर सहता, भले ही इस दुःसाहसपूर्ण कार्य में उसके पंख भी वज्राघात से नष्ट हो जाते।

प्रायः यही होता है कि जीवनदाता पिता वात्सल्यवश अपने पुत्र के लिए प्राण भी देने को तैयार रहता है, किन्तु पुत्र अपने पिता के त्याग-तपस्यामय प्रेम का उचित मूल्य नहीं लगाते। वृद्धावस्था में पिता को पुत्र के सहारे की आवश्यकता होती है। जब पिता का शरीर जीवन के संघर्षों से जूझते हुए थक जाता है, तब पुत्र ही उसका अवलम्ब बन सकता है।

किन्तु प्रायः सब पुत्र पर्वत-पुत्र मैनाक की तरह संकटापन्न पिता को छोड़कर अपने भोग-विलास में डूब जाते हैं।

37

यदचेतनोऽपि पादैः स्पृष्टः प्रज्वलति सवितुरिनकान्तः।
तत्तेजस्वी पुरुषः परकृतनिकृतिं कथं सहते ॥

तेजस्वी पुरुष स्वाभिमानी

तेजस्वी पुरुष सम्मान-प्रिय होते हैं। वे न तो दूसरे का अपमान करते हैं और न दूसरों द्वारा जान-बूझकर किए गए अन्याय एवं अपमान को सहन करते है। निष्प्राण सूर्यकान्त मणि भी जब सूर्य-किरणों के पद-प्रहार से कुपित होकर चमक उठती है, तो प्राणवान पुरुष का दमक उठना स्वाभाविक ही है।

तेजस्वी और दम्भी पुरुष में बड़ा अन्तर होता है। तेजस्वी अपनी तपस्या से, साधना से तेजस्वी बनता है। उसका असाधारण आत्म-बल और अदम्य साहस उसे तेजस्वी बनाता है, जब कि दम्भी पुरुष केवल पशु-बल एवं दूसरों के शोषण से शक्तिशाली होने का दम्भ भरता है।

तेजस्वी व्यक्ति दूसरों के अधिकार को हस्तगत करने का यत्न ही नहीं करता। वह द्वेष से दूर रहता है। अपनी शक्ति का प्रयोग वह परहित साधन और सेवा में करता है। जीवन के संघर्ष में उसे मानापमान दोनों सहन करने पड़ते हैं। दोनों में समभाव से रहते हुए भी उसे अन्याय का प्रतिकार करने और अत्याचारी का दमन करने के लिए सदैव उद्यत भी रहना पड़ता है।

अन्याय और अनीति को नष्ट करने के लिए वह अत्यन्त उग्र रूप धारण कर लेता है और बड़े-से-बड़े शक्तिशाली द्वारा किए गए दुर्व्यवहार को सहन नहीं करता, उदासीन भाव से नहीं बैठता। सच्चे स्वाभिमान की रक्षा के लिए वह प्राणों की भी बाज़ी लगा देता है।

38

सिंहः शिशुरपि निपतति मदमलिनकपोलभित्तिषु गजेषु।
प्रकृतिरियं सत्त्ववतां न खलु वयस्तेजसां हेतुः ॥

सत्यवान स्वभाव से शूरवीर

सिंह-शावक आयु में बहुत छोटा होता हुए भी मदोन्मत्त हाथी के मस्तक पर आक्रमण करता है। यह उसका सहज स्वभाव है। तेजस्वी होना-न होना आयु पर निर्भर नहीं करता। प्रत्येक मनुष्य अपने पूर्वजन्म में संचित संस्कारों के साथ जन्म लेता है। विधाता का यह अटल नियम है कि प्रत्येक को अपने कर्मों का फल अवश्य मिलता है। कुछ कर्मों का फल उसी जन्म में मिल जाता है, कुछ कर्म संस्कार रूप से अगले जन्म में फलित होते हैं। उनके फलस्वरूप ही हमें मनुष्य-योनि और पशु-योनि मिलती है। और हमें अपने गुणों के विकास का अवसर मिलता है।

जन्म से मिले गुण स्वभाव का अंग बन जाते हैं। शेर के गुण शेर के बच्चे के स्वभाव का अंग बन जाते हैं। शेर का बच्चा शेर के स्वाभाविक गुणों के साथ पैदा होता है। उसके कामों में बहादुरी की झलक मिलनी ही चाहिए। इसीलिए वंश-परम्परा के अनुकूल कार्य करने वालों को अपने काम में सफलता मिलने के बहुत अवसर रहते हैं।

भारतीय संस्कृति में कर्म-व्यवस्था की पद्धति, मूलभूत सिद्धान्त का भी यही नियम था कि इससे जन्मजात गुणों के विकास का अवसर मिलता है। ब्राह्मणवृत्ति के पिता का पुत्र विद्वत्तापूर्ण कार्यों में जन्म से ही रुचि लेगा। क्षत्रिय पिता के पुत्र में वीरता का गुण जन्म से ही होगा। उसमें कायरता का अंश भी नहीं होगा। शेर के बच्चे की तरह वह भी साहसी और वीर होगा।

39

जातिर्यातु रसातलं गुणगणस्तस्याप्यधो गच्छतां
शीलं शैलतटात्पतत्वभिजनः सन्दह्यतां वह्निना।
शौर्ये वैरिणि वज्रमाशु निपतत्वर्थोऽस्तु नः केवलं,
येनैकेन विना गुणास्तृणलवप्रायाः समस्ता इमे॥

धन ही मुख्य हो गया, गुण गौण रह गए

धन के बिना मनुष्य के गुणों का कोई आदर नहीं होता। जन्म से कोई कितना ही ऊंचा हो, धनशून्य होने पर उसकी जातिगत ऊंचाई का कोई मूल्य नहीं रहता। निम्न-स्तर के कुल में जन्म लेने पर भी यदि किसी ने किसी भी उपाय से धन-संचय कर लिया है, तो उसकी गणना नगर के श्रेष्ठतम पुरुषों में होगी।

अत्यन्त दुर्गुणी होने पर भी समाज में मनुष्य का समादर होगा, यदि वह श्री-सम्पन्न होगा। दुराचारी, दम्भी, कृपण और कृतघ्न व्यक्ति भी समाज में सिर ऊंचा करके चलेगा। लेकिन सदाचारी, विनम्र, उदार और कृतज्ञ व्यक्ति का भी निर्धन होने पर सर्वत्र निरादर होगा। निर्धन का स्वजन बन्धु-बान्धव भी तिरस्कार करते हैं। धन-सम्पन्न व्यक्ति को स्वजनों की सहानुभूति की कोई आवश्यकता नहीं। धन का आकर्षण इतना होगा कि दूर के लोग भी उनसे नाता-रिश्ता बनाने में अहोभाग्य मानेंगे।

धन के मुक़ाबले में शौर्य का भी कोई मूल्य नहीं। दर्जनों शूरवीर धन के लाभ में अपना ईमान बेच देंगे। 'अर्थस्य पुरुषादासः' – हर इंसान पैसे का ग़ुलाम बन जाता है। पैसा सबसे बड़ा बन गया है। मनुष्य का कोई मूल्य नहीं रहा। मायावी संसार का यह सबसे कड़वा सत्य है। ठीक है कि पैसा ही सब-कुछ नहीं, किन्तु पैसे बिना भी कुछ नहीं। धन ही मुख्य है, शेष सब गुण गौण हो जाते हैं।

40

तानीन्द्रियाण्यविकलानि, तदेव नाम,
सा बुद्धिरप्रतिहता, वचनं तदेव।
अर्थोष्मणा विरहितः पुरुषः स एव,
त्वन्यः क्षणेन भवतीति विचित्रमेतत्॥

धन गया तो व्यक्तित्व गया

धन के कारण मनुष्य का समाज में विशेष व्यक्तित्व बनता है। उसका आदर होता है। गुणगान होता है। उसे ऊंचा आसन मिलता है। धन जाते ही सम्पूर्ण व्यक्तित्व की ऊंची मीनार गिर जाती है। मनुष्य का शरीर पूर्ववत रहता है। आंख, नाक, कान, हाथ, पैर सब पहले जैसे बने रहते हैं। अपने सब काम भी वह पूर्ववत करता है। इन्द्रियों का व्यापार पहले जैसा बना रहता है। मस्तिष्क भी वैसा ही कार्य करता है। अर्थाभाव-मात्र से मनुष्य का रूप नहीं बदल जाता। धन का ज्ञान से या बुद्धि से सीधा सम्बन्ध नहीं है। ज्ञानी और विद्वान व्यक्ति निर्धन भी हो सकता है, किन्तु धनाभाव होते ही उसका विशेष व्यक्तित्व समाप्त हो जाता है, मनुष्य के सब गुण – रंग, रूप, आकार, प्रकार, बोलचाल पूर्ववत रहते हैं, किन्तु एक धन का अभाव होते ही क्षण-भर में उसका सामाजिक व्यक्तित्व धूल में मिल जाता है। हमारी समाज-रचना इस प्रकार की है कि उसमें धन का स्थान सबसे ऊंचा हो गया है। आदर्शों की दृष्टि से हम भले ही अन्य गुणों की महत्ता का बखान करते हैं, शास्त्रों का उद्धरण देते हुए साधु-सन्तों और वैरागियों को शीर्ष-स्थान देने की कल्पना करते हैं, किन्तु क्रियात्मक जीवन में धन को ही ऊंचा माना जाता है। अन्य गुणों की शोभा भी तभी होती है, यदि उनके साथ धनाभाव का कलंक न लगा हो – सामाजिक व्यक्तित्व धन से ही गौरवान्वित होता है और किन्हीं भी कारणों से धन के जाते ही व्यक्तित्व का पूरा क़िला ताश के पत्तों की तरह बिखर जाता है।

41

यस्यास्ति वित्तं स नरः कुलीनः, स पण्डितः, स श्रुतवान्गुणज्ञः।
स एव वक्ता स च दर्शनीयः, सर्वे गुणाः काञ्चनमाश्रयन्ते ॥

धन-दौलत के साथ ही गुणों का गौरव

ऊंचे कुल में जन्म लेना मनुष्य के अधीन नहीं, किन्तु कुलीन होमा मनुष्य के अधीन है। यदि वह पुरुषार्थ से या कौशल से धनोपार्जन कर लेता है, तो वह कुलीन होने का अभिमान कर सकता है। अपने वंश को भी विरासत में कुलीनता प्रदान कर सकता है।

राजघराने के वंशज भी तभी तक राजसी ठाट-बाट रख सकते हैं, जब तक राज्य द्वारा पालित-पोषित होकर धन-दौलत से खेलते हैं।

पांडित्य का आदर तभी तक होता है, जब तक विद्वान का जीवन-स्तर ऊंचा है, जब तक उसे विद्वत्ता के बल पर ऊंचा पुरस्कार मिलता है। फटे हाल में गुज़र करने वाले प्रकांड पंडित का कहीं सम्मान नहीं होता। समाज के धनी-मानी लोग इस डर से कि वह भिक्षा न मांग ले, उससे बचकर रहते हैं। धन-दौलत से ही समाज में पूजा होती है। दो-चार अक्षर जानने वाले को भी विद्वानों की सभा में अध्यक्ष बनाया जाता है। उसे शास्त्रज्ञ और परम विद्वान कहा जाता है। टूटी-फूटी भाषा में चार वाक्य बोलने वाले धनी पुरुष को भी कुशल वक्ता की उपाधि से विभूषित किया जाता है। उसकी मूर्खता-भरी बातों को भी ध्यान से सुना जाता है और उसकी सराहना की जाती है।

धनी व्यक्ति के कुरूप होने पर भी कोई उसके रूप का उपहास नहीं कर सकता। चाटुकार लोग उसके रूप की सराहना करने में भी संकोच नहीं करते। जिसके पास धन है, वही सब गुणों की खान बन जाता है। दूसरे गुण उसकी ओर वैसे ही खिंचे आते हैं, जैसे चुम्बक की ओर लौहकण।

42

दौर्मन्त्र्यान्नृपतिर्विनश्यति, यतिः सङ्गात्सुतो लालना-
द्विप्रोऽनध्ययनात्कुलं कुतनयाच्छीलं खलोपासनात्।
ह्रीर्मद्यादनवेक्षणादपि कृषिः, स्नेहः प्रवासाश्रया-
न्मैत्री चाऽप्रणयात्समृद्धिरनयात्त्यागात्प्रमादाद्धनम्॥

विनाशकारी तत्त्वों से सावधान

विनाश और विकास के मार्ग सबके लिए खुले हैं। विकास-पथ पर चलते हुए व्यक्ति को विनाश के मार्ग पर ले जाने वालों से सावधान रहना चाहिए। ऊंचे-से-ऊंचा व्यक्ति भी असावधान होते ही पतन की ओर चल पड़ता है। राजा कितना ही शक्तिशाली हो, राज्य को मन्त्रणा देने वाले अधिकारियों के भ्रष्ट होने पर उसका पतन अनिवार्य है। सच्चे सलाहकार ही राज्यशक्ति की वृद्धि करते हैं और स्वार्थी एवं भ्रष्ट मन्त्री राज्य को खोखला बना देते हैं। दुर्व्यसनी की संगति से सन्त-महात्माओं का चरित्र भी दूषित हो जाता है। उनके मन में भी विषय-वासना की आग भड़क उठती है। अतिशय प्यार-दुलार से पुत्र का भविष्य बिगड़ जाता है। उसे मनमानी करने की आदत पड़ जाती है। अनुशासन में रहने का स्वभाव न रहने से वह अनुत्तरदायी और आलसी बन जाता है। उसे सच्चा मार्ग-दर्शन नहीं मिलता। ब्राह्मण कुल में जन्म लेने पर भी जो अध्ययनप्रिय न बने उसका ब्राह्मणत्व समाप्त हो जाता है। पुत्र की अयोग्यता से वंश की कुलीनता नष्ट हो जाती है। सारा घर दरिद्र बन जाता है। जहां दुष्ट-प्रकृति के व्यक्ति का आदर होगा, वहां सज्जनता नहीं रहेगी। शालीनता का अभाव हो जाएगा। मदिरा-पान करने वालों में लाज-शर्म नहीं रहती। पूरी देखभाल न करने पर खेती नहीं पनपती, विदेश में रहने से स्नेह का अभाव हो जाता है। प्रेम के पौधे को सींचा न जाए, तो प्रेमांकुर सूख जाते हैं। अनीति, आलस्य और अविवेकपूर्ण व्यवहार से धन नष्ट हो जाता है। इन विनाशकारी तत्त्वों से सावधान रहने में ही कल्याण है।

43

दानं भोगो नाशस्तिस्रो गतयो भवन्ति वित्तस्य।
यो न ददाति न भुङ्क्ते, तस्य तृतीया गतिर्भवति ॥

धन की तीसरी गति : विनाश

दान, भोग, नाश – धन की यही तीन गतियां होती हैं। जिसने धन का संचय किया है, वह या तो उसका भोग करता है या कल्याण कार्यों में दान देता है, अन्यथा वह धन नष्ट हो जाता है। उत्तम वृत्ति के लोग संचित धन का कल्याण-कार्यों में दान करते हैं। मध्यम वृत्ति के लोग उस धन की सहायता से अपने सुख-समृद्धि के साधनों को बढ़ाते हैं। समाज में आदर पाने का यत्न करते हैं और धन द्वारा अपनी शक्ति में वृद्धि करके संसार में यशस्वी बनते है। किन्तु ऐसे कुछ अभागे लोग भी होते हैं, जो न दान करते हैं और न संचय भोगते हैं। उन्हें कृपण कहा जाता है। उनके धन का भोग इस प्रकार होता है कि वह बहुत शीघ्र नष्ट हो जाता है।

जो धन किन्हीं लाभकारी कार्यों में नहीं लगता, नवीन उत्पादन में व्यय नहीं होता, उस धन से न तो धनिक को लाभ होता है और न ही समाज को। इसे या तो चोर चुरा ले जाते हैं अथवा कृपण व्यक्ति की मृत्यु के बाद वह धन राज्य के ख़ज़ाने में चला जाता है। धन को नष्ट होने से बचाने के लिए आवश्यक है कि उसका उपयोग उत्पादक कार्यों तथा व्यापार-व्यवसाय में लगाया जाए। इस प्रकार उपयोगी कार्यों में लगा हुआ धन बढ़ता जाता है और इससे कार्य करने वालों को रोज़ी मिलती है। देश समृद्ध होता है।

जो व्यक्ति सामाजिक कार्य में अपने धन का उपयोग करता है, उसकी आत्मा को शान्ति मिलती है। उसे प्रतीत होता है कि उसका जीवन सार्थक है। यह प्रतीत होना ही मनुष्य को सच्चा आनन्द देता है। दान और भोग के बिना धन का नाश अनिवार्य है।

44

मणिः शाणोल्लीढः, समरविजयी हेतिदलितो,
मदक्षीणो नागः, शरदि सरितः श्यानपुलिनाः।
कलाशेषश्चन्द्रः, सुरतमृदिता बालवनिता,
तनिम्ना शोभन्ते गलितविभवाश्चार्थिषु जनाः॥

दान में ही सम्मान

संसार में कुछ ऐसे पदार्थ हैं, जो आग में तपने, पत्थर पर घिसने अथवा किन्हीं भी विपत्तियों में गुज़रने के बाद ही उच्च गौरव पाते हैं। मणि या स्फटिक का मूल्य तभी बढ़ता है, जब उसे सान पर रखकर खरादा जाता है। खरादने से पहले वह मामूली पत्थर की शक्ल में होता है, किन्तु घिसे जाने के बाद वह अनमोल रत्न बन जाता है। इसी प्रकार अस्त्र-शस्त्र से सुसज्जित विजयी सैनिक का समाज में आदर होता है, किन्तु जिस सैनिक का शरीर शत्रु के प्रहारों से आहत है, वह और भी गौरवान्वित हो जाता है। उसकी गणना शहीदों में होने लगती है। इसी प्रकार मदमस्त हाथी भी सुन्दर दिखाई देता है, किन्तु मदक्षीण हाथी की उपयोगिता दस गुना बढ़ जाती है। क्षीणता सौन्दर्य-वृद्धि का कारण बनती है। बरसात की वेगवती जलधारा की अपेक्षा शरद् ऋतु की कम जल वाली नदी का दृश्य अधिक कमनीय होता है।

पूनम के चांद की अपेक्षा दूज के चांद का सौन्दर्य अधिक सराहा जाता है। यौवन की पहली सीढ़ी पर क़दम रखने वाली तरुणी की अपेक्षा पति के आलिंगन-चुम्बन से रति-श्रान्त नवयुवती का लावण्य सौन्दर्यप्रिय कवियों की दृष्टि में अनोखा हो जाता है। असीम धन अर्जित करके लक्षाधिपति बने सेठ-साहूकारों की अपेक्षा अपने समस्त धन का दान करके निर्धन तपस्वी और भिक्षुक बने साधु का सम्मान समाज में सौ गुना बढ़ जाता है। अभिप्राय यह है कि परहित कष्ट उठाने तथा कठिन तप साधनों के द्वारा परमार्थ सिद्ध करने वाले व्यक्ति ही समाज में सच्चा आदर पाते हैं।

45

परिक्षीणःकश्चित्स्पृहयति यवानां प्रसृतये,
स पश्चात्सम्पूर्णः कलयति धरित्रीं तृणसमाम्
अतश्चानैकान्त्याद् गुरुलघुतयाऽर्थेषु धनिना-
मवस्था वस्तूनि प्रथयति च, सङ्कोचयति च ॥

परिस्थिति ही प्रबल

दुनिया में किसी विशेष पदार्थ का कोई निर्धारित मूल्य नहीं होता। मनुष्य के अपने अस्तित्व का भी कोई ऐसा निश्चित मूल्य नहीं होता, जिसके निर्णय का अधिकार उसके हाथों में हो। परिस्थितियां ही पदार्थ या मनुष्य के मूल्य का निर्धारण करती हैं। मनुष्य का मन भी परिस्थितियों के अनुकूल बदलता रहता है। उसके मापदंड भी बदलते रहते हैं। और इन परिवर्तित मनःस्थितियों में ज़मीन-आसमान का अन्तर आ जाता है। जब मनुष्य निर्धन होता है, तब उसकी दृष्टि में दो पैसे का भी मूल्य बहुत होता है और वह पेट-भर भोजन करने योग्य पारिश्रमिक पाने को भी ईश्वर का वरदान मानता है। थोड़ी-सी सहायता देने वाले के प्रति भी उसका मन कृतज्ञता से विनम्र हो जाता है। किन्तु जब वही मनुष्य किसी भी प्रकार धन उपार्जन कर लेता है और प्रचुर धन का स्वामी बन जाता है, तो वह सारे संसार को तिनके के समान तुच्छ मानने लगता है। कृतज्ञता और विनय की भावना उसके मन से बिल्कुल घुल जाती है। उनका स्थान अभिमान और असन्तोष ले लेते हैं। मनुष्य का रंग, रूप, आकार, प्रकार – सब पहला-सा ही रहता है, किन्तु परिस्थितियों में गुरुता और लघुता आने के कारण मनुष्य के तन-मन में भी लघुता और गुरुता के रंग चढ़ जाते हैं। सच तो यह है कि मनुष्य अपनी मनुष्यता का कोई मूल्य नहीं लगाता। परिस्थितियां ही उसे नाच नचाती हैं तथा वह परिस्थितियों का ग़ुलाम बना रहता है। उचित यह है कि मनुष्य परिस्थितियों की दासता से ऊपर उठकर अपने मौलिक व्यक्तित्व को पहचाने और प्रत्येक परिस्थिति में समभाव रखते हुए वास्तविक और सदा सत्य रहने वाले गुणों पर स्थिर रहे।

46

राजन्! दुधुक्षसि यदि क्षितिधेनुमेनां, तेनाद्य वत्समिव लोकममुं पुषाण।
तस्मिंसम्यगनिशं परिपोष्यमाणे, नानाफलैः फलति कल्पलतेव भूमिः ॥

प्रजापालन से पृथ्वी कामधेनु

राज्य-शक्ति एक मनुष्य के हाथ में हो या किसी शासक दल के, उसका कर्तव्य है कि वह प्रजा या जनता का उसी प्रकार पालन-पोषण करे, जिस प्रकार गाय अपने बछड़े का करती है। भली प्रकार पालित-पोषित प्रजा ही राज्य-शक्ति में वृद्धि कर सकती है। जिस राज्य की प्रजा असन्तुष्ट हो, वह राज्य कभी शक्तिशाली नहीं हो सकता। राज्य के धन-वैभव की वृद्धि प्रजा की कार्यक्षमता पर निर्भर है। शासक जनता का सेवक होना चाहिए, न कि मालिक। प्रजातन्त्र राज्य का यही सिद्धान्त है। जो सफल लोकतन्त्र हैं, उनका यही लक्ष्य होता है। देश की जनशक्ति से ही देश की समृद्धि होती है। जनता सुशिक्षित और स्वस्थ होगी, तभी वह पूरा श्रम कर सकेगी। कठोर श्रम से ही भूमि का उत्पादन बढ़ता है तथा व्यापार-व्यवसाय की वृद्धि होती है। श्रम करने वालों को यदि उचित पुरस्कार मिलता है और उनका सामाजिक स्तर आदर-योग्य होता है, तब वे पूरे दिल से मेहनत करेंगे और मेहनत से ही उत्पादन बढ़ेगा।

प्रायः होता यह है कि राज्य-शक्ति हाथ में आने पर शासक मदोन्मत्त हो जाता है और इस उन्माद में वह प्रजा का शोषण करने लगता है। जिनके हाथ में शासन होता है, वे फलने-फूलने लगते हैं और जनता दरिद्र एवं दुखी होती जाती है। धीरे-धीरे शासक और शासित जनता की दूरी बढ़ती जाती है। जनता के दिल में शासक के प्रति घृणा और भय के भाव पैदा हो जाते हैं। परिणाम यह होता है कि देश का उत्पादन घट जाता है और समृद्धि नष्ट हो जाती है। यदि शासक उसी प्रेम से प्रजा का पालन-पोषण करें, जिस प्रेम से गाय अपने बछड़े का करती है, तो देश की पृथ्वी कल्प-लता बनकर अनन्त फल देने लगेगी।

47

सत्याऽनृता च परुषा प्रियवादिनी च
हिंस्रा दयालुरपि चाऽर्थपरा वदान्या।
नित्यव्यया प्रचुरनित्यधनागमा च,
वाराङ्गनेव नृपनीतिरनैकरूपा ॥

राजनीति वेश्या के समान

राजनीति राज्य के हित को देखते हुए अनेक रंग बदलती है। शासन का लक्ष्य यह होता है कि देश के अधिकतम समुदाय का कल्याण हो। इस लक्ष्य की पूर्ति के लिए शासक को जिस व्यावहारिक नीति का अनुसरण करना पड़ता है, वह देश-काल के अनुसार बदलती रहती है। वह हमेशा की तरह अनेक रूपिणी हो जाती है। जिस प्रकार वेश्या का व्यवहार सदैव अचल सत्य पर आधारित नहीं होता, उसी प्रकार राजनीति में भी सच और झूठ दोनों मिले हुए होते हैं। शासक, शासन-नीति में ये परिवर्तन स्वाभाविक होते रहते हैं। शासक कभी सत्य बोलता है, तो कभी झूठ। कभी वह कठोर शब्दों का प्रयोग करता है और कभी मधुर शब्दों का। कभी वह नितान्त निष्ठुर हो जाता है तो कभी दयालु। कभी वह अत्यन्त लोभी प्रतीत होता है, तो कभी अत्यन्त उदार। कभी यह प्रतीत होता है कि शासन बहुत फिजूलखर्च है तथा कभी वह अत्यन्त मितव्ययी है। उचित अवसर के अनुकूल रंग बदलना ही सफल कूटनीति है। सफल शासक वही है, जो सफल कूटनीतिज्ञ है। योगेश्वर कृष्ण ने कूटनीति के सहारे ही पांडवों को विजयश्री दिलाई थी। अयोध्यापति श्री राम ने कटनीति के बल पर ही वानर-सेना को अपने वश में करके रावण सेना को पराजित किया था। चाणक्य ने कूटनीति का सहारा लेकर ही सिकन्दर की विश्वविजयी सेना का नाश किया था। अतः राजनीति के क्षेत्र में देशकाल के अनुसार रंग बदलने में ही राजनीतिज्ञ की सफलता है।

48

आज्ञा कीर्तिः पालनं ब्राह्मणानां, दानं भोगो मित्रसंरक्षणं च।
येषामेते षड्गुणा न प्रवृत्ताः, कोऽर्थस्तेषां पार्थिवोपाश्रयेण ॥

शासक में छः गुण अनिवार्य

राज्य के शासक तभी सफल होंगे, जिनमें कुछ विशेष गुण होंगे। सबसे प्रथम गुण है – विद्वत्ता। विद्वान व्यक्ति ही शासनाधिकारी हो सकता है, जिसके पास विद्या नहीं, जो सामयिक ज्ञान-विज्ञान से अपरिचित है, एवं जिसमें समयानुसार अपने भाव प्रकट करने की बुद्धि नहीं है और न ही भाषा है, उसे शासन करने के अयोग्य मानना चाहिए।

दूसरा गुण है – यशस्वी होना। जन-सामान्य जिस व्यक्ति को आदर की दृष्टि से नहीं देखता अथवा अपने अनीतिपूर्ण व्यवहार से जो बदनाम हो गया है, वह भी राज्य के शासन-कार्य में सहयोग देने योग्य नहीं रहता। तीसरा गुण – योग्य व्यक्तियों को आश्रय देने की प्रवृत्ति। जिसके स्वभाव में विद्वानों, प्रतिभाशाली कवियों, श्रमिकों एवं विज्ञान-वेत्ताओं का आदर करने की उदारता नहीं होती, वह भी कभी कुशल शासक नहीं हो सकता। चौथा गुण है - उदारता से दान देने की वृत्ति। जो उपार्जित धन को मुट्ठी में समेटकर बैठता है और कृपणतावश योग्य व्यक्तियों अथवा समाजसेवियों को दान नहीं देता, वह भी प्रशस्त शासक नहीं बन सकता। पांचवां गुण है - अर्जित धन का यथायोग भोग। कंजूस बनकर जो अपने तथा अपने परिवार के सुख-समृद्धि के लिए भी व्यय नहीं करता, वह शासन के गौरव को घटाता है। छठा गुण है – मित्र-संग्रह करना। सफल शासक वही बन सकता है, जिसके मित्रों की संख्या दिन-प्रतिदिन बढ़ती रहे। यह तभी सम्भव है, जब वह दूसरों का आदर करे तथा उनके लिए स्वार्थ त्याग करे और सबसे स्नेह भाव रखे। जिसके पास ये छः गुण नहीं हैं, वह कदापि शासन-कार्यों में सफल नहीं होगा।

49

यद्धात्रा निजभालपट्टलिखितं स्तोकं महद्वा धनं
तत्प्राप्नोति मरुस्थलेऽपि नितरां मेरौ ततो नाधिकम्।
तद्धीरो भव वित्तवत्सु कृपणां वृत्तिं वृथा मा कृथाः,
कूपे पश्य पयोनिधावपि घटो गृह्णाति तुल्यं जलम् ॥

प्रारब्ध से प्राप्त धन में सन्तोष करो

जीवन की सफलता के दो ही साधन हैं – पुरुषार्थ और प्रारब्ध। परिश्रम और भाग्य। न तो केवल पुरुषार्थ से ही कोई धनी बनता है और न केवल भाग्य से ही। जन्म के साथ ही प्रत्येक व्यक्ति अपने पूर्वसंचित कर्मों के अनुरूप भाग्य लेकर आता है। उस भाग्य-रेखा को यथावत पहचानना असम्भव कार्य है, किन्तु जीवन के प्रारम्भ से ही उस रेखा को मिटाना भी उतना ही नामुमकिन है। पिछले जन्मों के संचित फल का परिणाम इस जन्म भोगना ही पड़ता है। विधाता द्वारा लिखे हुए भाग्य के अनुसार ही मनुष्य को धन की प्राप्ति होती है। तभी कछ व्यक्ति घोर परिश्रम करते हए भी जीवन-भर धनहीन रह जाते हैं और कुछ थोड़ी-सी मेहनत अथवा बिना मेहनत के भी धनाढ्य हो जाते हैं।

विधाता ने भाग्य में धन-प्राप्ति लिखी है, तो मनुष्य वीरान जंगल में भी अचानक ख़ज़ाना मिलने पर धनी बन जाएगा। उस अचानक पाए धन की कोई सीमा नहीं होगी। सुमेरु पर्वत के ख़ज़ाने से भी वह अधिक हो सकता है।

अतः मनुष्य के लिए उचित है कि वह धनवान बनने के लिए इतनी सिर-तोड़ कोशिश न करे, कि वह अपने जीवन के अन्य सुखों को भी गंवा बैठे। आज के अर्थ-प्रधान युग में बहुत लोग धन के लिए स्वास्थ्य खो देते हैं; ईमान छोड़ देते हैं। पारिवारिक स्नेह को ताक पर रख देते हैं। मित्रों से नाता

तोड़ लेते हैं। यह उचित नहीं। धनियों के सामने व्यर्थ दीनता से याचना करना भी अपमानजनक है।

इतने कष्ट सहने के बाद भी मनुष्य को धन की वही राशि प्राप्त होती है, जो विधाता ने भाग्य में लिख दी है। धन ग्रहण करने की योग्यता के अनुसार ही धन मिलता है। समुद्र में अपार जल भरा होता है, किन्तु घड़े में केवल उतना जल ही आता है, जितना उसमें जल-ग्रहण करने की योग्यता है।

50

त्वमेव चातकाधारोऽसीति केषां न गोचरः।
किमम्भोदवराऽस्माकं कार्पण्योक्तिं प्रतीक्षसे ? ॥

किसी को दीन मत बनने दो

बहुत बार ऐसा होता है कि आकाश में घटाटोप मेघ छाए रहते हैं, किन्तु बरसते नहीं। यह देखकर वर्षा की एक बूंद के लिए तरसते पपीहे के मन में जो भाव उठते हैं, वही भाव समाज के उन दीन-हीन व्यक्तियों के मन में जाग्रत होते हैं, जो अपने समक्ष समाज के धनी-मानी लोगों को देखते हैं और उनसे आशा रखते हैं कि वे अपनी सुख-समृद्धि का कुछ भाग उन्हें भी देंगे।

भाग्यवश समाज में कुछ व्यक्ति ऐसे होते ही हैं, जिन्हें जन्म से ही सुखी होने के सब सामान प्राप्त होते हैं। उन्हें वंश-परम्परागत सम्पत्ति मिलती है। ऊची शिक्षा प्राप्त होती है और सम्मान-योग्य जीवन-यापन करने के सब साधन सुलभ होते हैं। उसी समाज में बहुत लोग जन्म से ही ऐसे अभागे और निराश्रित होते हैं, उन्हें ऊंचे उठने का अवसर ही प्राप्त नहीं होता। उनके स्वभाव में बचपन से ही परवशता और दीनता के भाव घर कर जाते हैं और वे सुख की एक सांस लेने के लिए भी भाग्यशाली लोगों की उदारता का आश्रय लेते हैं। समृद्धि के शिखर पर पहुंचते हुए भाग्यशाली व्यक्तियों का प्रायः यह स्वभाव बन जाता है कि वे अपने अक्षय धन-कोष से अल्प धन देने के लिए भी अभागे लोगों से दीनता के वाक्य ख़ुशामद के रूप में सुनना चाहते हैं। वस्तुतः सज्जन वही है, जो अनुनय-विनय तथा दीन वचनों की प्रतीक्षा किए बिना भाग्यहीन व्यक्तियों को सम्मानपूर्वक सहारा दे। और समाज के किसी भी वर्ग को इतना दीन न बनने दे कि वह अपने मनुष्योचित स्वाभिमान का परित्याग करने को मजबूर हो जाए।

51

रे रे चातक ! सावधानमनसा मित्र ! क्षणं श्रूयता-
मम्भोदा बहवो हि सन्ति गगने सर्वेऽपि नैतादृशाः।
केचिद् वृष्टिभिरार्द्रयन्ति धरणीं गर्जन्ति केचिद् वृथा,
यं यं पश्यसि तस्य तस्य पुरतो मा ब्रूहि दीनं वचः ॥

दीन वचन मत कहो

हे मित्र, चातक, सावधान होकर बात सुनो। आकाश में असंख्य बादल हैं, किन्तु सब एक सदृश नहीं हैं। कुछ ऐसे हैं, जो क्षण-भर में पृथ्वी की प्यास बुझा देते हैं और बहुत-से ऐसे हैं, जो व्यर्थ ही गरजकर चले जाते हैं। इसीलिए हे मित्र, तुम जिसको भी देखते हो उसके सामने दीनतापूर्ण वाक्य मत कहो।

बादलों की तरह दुनिया में धनी आदमी भी असंख्य हैं और चातक की तरह प्यासे और निर्धन भी बहुत हैं। धनियों में कुछ ऐसे होते हैं, जो स्वभाव से सहृदय और दानशील होते हैं। वे किसी भी दीन-दुखी को देखकर स्वयं ही उसका दुख दूर करने के लिए उदारता से दान दे देते हैं। उनका हृदय उसी तरह पिघल उठता है, जैसे आकाश में बादल। वे पात्र और कुपात्र में भी बहुत भेद नहीं करते, किन्तु अधिकतर ऐसे ही धनी-मानी होते हैं, जो केवल अपना स्वार्थ देखते हैं। उनका दिल किसी दूसरे के अत्यन्त दीन वचन सुनकर भी पसीजता नहीं, अपितु दीन-हीन को देखकर वे उससे किनारा कर लेते हैं। उनके हृदय में अपने से निचले स्तर के व्यक्तियों के प्रति घृणा का भाव भरा होता है। धनहीन व्यक्तियों के लिए उचित है, कि वे इन दोनों प्रकार के धनी व्यक्तियों में भेद करना जानें, और प्रत्येक धनी के सामने दीनतापूर्ण याचना करने का स्वभाव छोड़ दें, अन्यथा उन्हें जीवन में बार-बार अपमानित होना पड़ेगा। यह अपमान उनकी जीवन-शक्ति को नष्ट कर देगा और वे मानवोचित आत्माभिमान से भी वंचित हो जाएंगे।

52

अकरुणत्वमकारणविग्रहः, परधने परयोषित च स्पृहा।
सुजनबन्धुजनेष्वसहिष्णुता, प्रकृतिसिद्धमिदं हि दुरात्मनाम् ॥

दुर्जन के छः अवगुण

जिस प्रकार सज्जनों में कुछ गुण स्वभाव से ही होते हैं, उसी प्रकार दुर्जनों में कुछ अवगुण स्वभावतः होते हैं। उनमें से कुछ ये हैं - दुर्जन किसी के प्रति करुणापूर्ण नहीं होता, किसी का दुख देखकर उसका हृदय नहीं पसीजता, वह पूर्णतः आत्मकेन्द्रित होता है, केवल अपने भले की बात सोचता है, अपनी स्वार्थसिद्धि के लिए दूसरों को पूरी तरह मिटा देने में भी संकोच नहीं करता।

ऐसे दुरात्मा में अकारण विग्रह करने का भी दुर्गुण होता है। वह किसी के अनुकूल आचरण नहीं करता। थोड़ा-सा विचार-भेद होने पर भी लड़ाई मोल ले लेता है। कड़वी बात कहना उसका स्वभाव बन जाता है।

दूसरे के धन से ईर्ष्या करना भी दुर्जन का स्वभाव है। किसी भी व्यक्ति को अपने से अधिक भाग्यशाली देखकर उसका दिल जल उठता है। वह कभी भी यह नहीं समझता कि प्रत्येक मनुष्य जन्म से ही भिन्न स्वभाव और भिन्न भाग्यशील होता है। ऐसे व्यक्ति प्रत्येक पराई स्त्री को कामुक-दृष्टि से देखने के आदी भी हो जाते हैं। किसी भी सुन्दर स्त्री को देखकर उनके हृदय में कामुकता जाग उठती है। असहिष्णुता उनके स्वभाव में समाई रहती है। अपने निकटतम बन्धु-बान्धवों के प्रति भी वे सच्चा स्नेह-भाव नहीं रखते और किसी की भी नेक सलाह को नहीं सुनते। अपनी आलोचना तो वे सुन ही नहीं सकते। वे किसी भी मतभेद पर मरने-मारने को तैयार हो जाते हैं।

53

दुर्जनः परिहर्तण्यो विद्ययाऽलङ्कृतोऽपि सन्।
मणिना भूषितः सर्पः किमसौ न भयङ्करः ? ॥

दुर्जन से दूर रहो

दुर्जन व्यक्ति यदि विद्वान भी हो तो भी उससे दूर रहना चाहिए। मणि से भूषित सर्प कम भयंकर नहीं होता। विद्वान होना अच्छी बात है। विद्या के अभ्यास से मनुष्य की बुद्धि का विकास होता है। उसकी विचार-शक्ति बढ़ती है, किन्तु भौतिक पदार्थ के ज्ञान-विज्ञान से ही मनुष्य का हृदय नहीं बदलता। जो स्वभाव से ही स्वार्थी है, वह ज्ञान-वृद्धि होने पर और भी अधिक स्वार्थी तथा दूसरों के लिए भी घातक बन सकता है। भौतिक ज्ञान मनुष्य को शक्तिशाली अवश्य बना देता है, किन्तु केवल यह ज्ञान उसे उदार, क्षमाशील, परोपकारी तथा सहिष्णु नहीं बना सकता। इस युग में भौतिक ज्ञान की वृद्धि से मनुष्य के हाथों में विनाशकारी हथियार अधिक आ गए हैं। ज्ञानवान होकर मनुष्य में पाशविक प्रवृत्ति की वृद्धि बहुत हो गई है। ऐसी विद्या इंसान को इंसान नहीं बनाती, बल्कि और भी हैवान बना देती है।

जो लोग स्वभाव से दुर्जन हैं, वे विद्या ग्रहण के बाद और भी दुष्ट बन जाते हैं। ऐसे विद्वान दुर्जन से दूर रहने में ही मनुष्य का कल्याण है। प्रखर बुद्धिमान होकर दुर्जन व्यक्ति प्रचंड अभिमानी, दुर्विनीत और विध्वंसक बन जाता है। ऐसे विघातक विद्वानों से तो वही अच्छे हैं, जो भले ही निरक्षर रहें, किन्तु जिनके हृदय में प्रत्येक के प्रति स्नेह और करुणा के भाव भरे होते हैं।

अभिमानी विद्वान व्यक्तियों का संग करने की अपेक्षा दिल के भोले, निश्चल, सच्चे लोगों का संग करना अधिक श्रेष्ठ है।

54

जाड्यं ह्रीमति गण्यते, व्रतरुचौ दम्भः, शुचौ कैतवं,
शूरे निर्घृणता, मुनौ विमतिता, दैन्यं प्रियालापिनि।
तेजस्विन्यवलिप्तता, मुखरता वक्तर्यशक्तिः स्थिरे,
तत्को नाम गुणो भवेत्स गुणिनां यो दुर्जनैर्नाङ्कितः ॥ 54 ॥

दुर्जन सदैव निन्दक

दुर्जन कभी सज्जनों के गुणों का आदर नहीं करते। उनका स्वभाव होता है कि वे गुणी व्यक्ति के गुण को भी बुरे कार्यों में लेते हैं। उनकी दृष्टि में मलिनता होती है। वे सारी दुनिया को अपने ही रंगों में रंगा हुआ देखते हैं। यदि कोई सज्जन, लज्जाशील और शालीन होता है, तो वह उसे जड़, मूर्ख की उपाधि देते हैं। यद्यपि जड़ता और शालीनता में बहुत भेद है, किन्तु वे दूसरों को नीचा दिखाने और अपमानित करने में ही अपनी बुद्धि का चमत्कार मानते हैं। ऐसे दुर्जन धर्मपरायण व्रत, नियमादि के पालक सज्जन को दम्भी कहकर बदनाम करते हैं। इन्हें सदाचारी और पवित्र हृदय सज्जनों के आचरण में धूर्तता के ही लक्षण दिखाई देते हैं। पराक्रमी और साहसी व्यक्तियों में इनकी आंखें नृशंसता देखती हैं।

युद्धक्षेत्र में शत्रु का संहार करने वाले को भी दुर्जन निर्दयी नाम से पुकारेंगे। मौन रहने वालों को बुद्धिहीन कहना और सदैव मधुर-भाषी व्यक्ति को दीन-हीन मानना उनके स्वभाव में होता है। ये लोग किसी के गुण का आदर न करके केवल गुणी के प्रति ईर्ष्या-भाव रखते हैं। तेजस्वी व्यक्ति को अहंकारी मानना और वाक्-कुशल व्यक्ति को वकवादी कहना इनके लिए बहुत सहज होता है। दुर्जन वही है, जो सद्गुणों का आदर नहीं करता और न उन अच्छे गुणों को ग्रहण करने का यत्न करता है। उसके हृदय में सभी सच्चे, सहिष्णु और शान्त व्यक्तियों को नीचा दिखाने की आग भभकती रहती है।

55

लोभश्चेदगुणेन किं, पिशुनता यद्यस्ति किं पातकैः,
सत्यं चेत्तपसा च किं, शुचिमनो यद्यस्ति तीर्थेन किम्।
सौजन्यं यदि किं गुणैः, सुमहिमा यद्यस्ति किं मण्डनैः,
सद्विद्या यदि किं धनैरपयशो यद्यस्ति किं मृत्युना॥

सज्जनता सब गुणों की प्रतीक

मनुष्य के मन में यदि तीव्र लोभ है, तो वह अन्य अवगुणों का भी शिकार हो जाएगा। लोभ मनुष्य की विवेक-शक्ति को नष्ट कर देता है। जिस वस्तु पर मनुष्य का अधिकार नहीं है, उसे पाने की तीव्र इच्छा के कारण वह बड़े-बड़े पाप करने को तैयार हो जाता है। यह तीव्र इच्छा ही मनुष्य को पापी बना देती है।

हृदय की मलिनता से भी मनुष्य अत्यन्त नीच कार्य करने को प्रवृत्त हो जाता है। एक बार हृदय में नीच कार्य करने का संकोच न रहे, तो मनुष्य बड़े-से-बड़े पाप कर जाता है। यह संकोच ही मनुष्य को अधःपतन से बचाता है तथा उसके दूर हो जाने पर वह बिना रुकावट नीच कार्यों में प्रवृत्त हो जाता है। अतः मनुष्य को नीचता से दूर रहना चाहिए।

जिसने मन, वचन, कर्म से सदैव सत्य-व्यवहार का व्रत लिया है, उसे अन्य किसी तप की आवश्यकता नहीं। सत्य ही सबसे बड़ा तप है। सत्यव्रती को संसार का कोई भी प्रलोभन पाप के रास्ते पर नहीं ले जा सकता। मन में पवित्रता हो तो तीर्थ-यात्रा का कष्ट करने की आवश्यकता नहीं। गंगा-स्नान मनुष्य के शरीर को ही शुद्ध करता है, मन को नहीं। मनुष्य के सद्गुणी होने का सबसे बड़ा प्रमाण यह है कि उसमें सज्जनता हो। उसका व्यवहार सरल, निश्चल और निष्कपट हो। सज्जनता सद्गुणों का प्रतीक है।

अपने गुणों के कारण यदि कोई यशस्वी होता है, तो उसे समाज में आदर पाने के लिए आडम्बरों की आवश्यकता नहीं होगी। और यदि कोई विद्वान है तो उसे भी सर्वत्र सम्मान पाने के लिए धन व दौलत का सहारा नहीं लेना पड़ेगा। यदि समस्त आडम्बरों के साथ ही दुर्जन होने के कारण कोई बदनाम होता है, तो उसका जीवन निरर्थक है। वह जीते-जी मृत्यु-दुख मांगता है। देह-त्याग किए बिना भी उसे मृतवत समझना चाहिए।

56

शशी दिवसधूसरो, गलितयौवना कामिनी,
सरो विगतवारिजं, मुखमनक्षरं स्वाकृते:।
प्रभुर्धनपरायण:, सततदुर्गत: सज्जनो,
नृपाङ्गणगत: खलो, मनसि सप्त शल्यानि मे ॥

मन में चुभने वाले सात कांटे

सात प्रकार के कांटे दिल में चुभते, खटकते ही रहते हैं। दिन के समय चन्द्रमा प्रभावहीन हो जाता है। सौन्दर्यप्रिय व्यक्तियों के हृदय में चन्द्रमा का प्रभावहीन हो जाना बहुत खटकता है। चन्द्रमा की शोभा शीतल चांदनी से है। शीतलता के बिना चांद का अस्तित्व खटकता है। ऐसे ही जो स्त्री लावण्यहीन हो जाती है, उसकी रूपमाधुरी किसी को आकर्षित नहीं करती। युवती स्त्री का रूपवती न होना खटकता रहता है। तालाब की शोभा कमल के फूल से है। कमलहीन सरोवर व्यर्थ-सा लगता है। इसी प्रकार रूपवान मनुष्य का रूप भी हृदय में खटकता है, यदि वह निरक्षर (मूख) हो। दो-चार बात करते ही उसकी मूर्खता प्रकट हो जाएगी और समाज में उसका कोई सम्मान नहीं करेगा। इसके विपरीत कुरूप मनुष्य का भी मान होगा, यदि वह ज्ञानी और विद्या-धन से सम्पन्न होगा। धन-दौलत से सम्पन्न व्यक्ति की शोभा उसकी उदारता से होती है। श्री-सम्पन्न व्यक्ति का कृपण होना सदैव कांटे की तरह चुभता है। समृद्धिवान कृपण की अपेक्षा निर्धन उदार का मान अधिक होता है। दुनिया में कांटे की तरह चुभने वाली बातों में एक यह भी है कि अनेक बार सज्जन व्यक्ति जीवन में बहुत कष्ट उठाते हैं। अपने साधु-स्वभाव होने के कारण संसार के मायावी पुरुष उन्हें ठग लेते हैं, उनके परिश्रम का उचित पुरस्कार नहीं देते, और उनके प्रति न्याय नहीं करते। इसी तरह राजकीय संस्थाओं एवं शासन-पदों पर स्वभाव से दुर्जन व्यक्तियों का होना भी बहुत खटकता है। किसी भी देश का यह सबसे बड़ा दुर्भाग्य होता है कि राज्य के पदाधिकारी स्वभाव से दुर्जन और स्वार्थपरायण हों। इन सब खटकने वाले कारणों का निवारण करना ही उचित है।

57

न कश्चिच्चण्डकोपानामात्मीयो नाम भूभुजाम्।
होतारमपि जुह्वानं स्पृष्टो दहति पावकः ॥

शासन के लिए संयम अनिवार्य

जिसके हाथ में राज्य-शक्ति होती है, वह अत्यन्त भाग्यवान होता है; श्री-सम्पन्न होता है। किन्तु एक दृष्टि से उसके जीवन में एक कमी अवश्य रह जाती है। कोई भी मनुष्य उसका अन्तरंग मित्र नहीं बन सकता। यदि उसके स्वभाव में क्रोध का दुर्गुण हो, तब तो सब लोग उससे दूर रहने में ही अपना कल्याण मानते हैं। शासन करना बड़ी ज़िम्मेदारी का काम है। अपने ऊंचे अधिकारों का प्रयोग करते हुए शासन को सबके साथ न्याय करना पड़ता है। अपराधी को दंड देना पड़ता है। शासन का हृदय पक्षपातहीन होना चाहिए। पक्षपात शून्य होने का अभ्यास करते हुए शासन प्रायः हृदयहीन भी हो जाता है। कोमल भावनाओं का उसे परित्याग करना पड़ता है। इस प्रक्रिया में वह स्वभाव से क्रोधी हो तो उसके अत्यन्त निकट के व्यक्ति भी क्रोधाग्नि में भस्म हो जाएंगे। आग कितनी ही पवित्र हो, भले ही वह यज्ञकुंड की अग्नि हो, अपने स्पर्श से सब-कुछ जलाएगी ही। इसी प्रकार कुपित शासन के समीप जो भी होगा, वह उसको धारण करके बच नहीं सकता।

अतः उचित यह है कि राज्यपद पर आसीन व्यक्ति असाधारण रूप से शान्त रहें। इस गुण का विकास करने के लिए राजा या शासकीय पदों पर आसीन व्यक्तियों को स्वभाव में असाधारण संयम का अभ्यास करना चाहिए। तभी तो उसे अपने जीवन में सच्चे मित्रों की प्राप्ति होगी और अपने बन्धु-बान्धवों से वह स्नेह मिल सकेगा, जिसके बिना मनुष्य-जीवन निरर्थक है।

58

मौनान्मूकः प्रवचनपटुर्वातुलो जल्पको वा,
धृष्टः पार्श्वे वसति च तदा, दूरतश्चाऽप्रगल्भः।
क्षान्त्या भीरुर्यदि न सहते प्रायशो नाऽभिजातः,
सेवाधर्मः परमगहनो योगिनामप्यगम्यः ॥

सेवा कार्य, परम महान

किसी भी मजबूरी में, इच्छा न होते हुए भी पराई चाकरी करनी पड़े, तो जीवन दूभर हो जाता है। ऐसा सेवक स्वाभिमान खो बैठता है। स्वतन्त्र व्यक्तित्व से हाथ धो बैठता है। पराधीनता स्वयं सबसे बड़ा अभिशाप है। लेकिन ऐसी व्यक्तिगत दासता में तो कष्टों की कोई सीमा नहीं रहती। वह सेवक अपने किसी भी काम में आज़ाद नहीं रहता। अपने किसी भी काम का उसे श्रेय नहीं मिलता और हर क़दम पर उसे अपमानित होना पड़ता है। उसके भले कामों को भी बरे नामों से पुकारा जाता है। यदि वह चुप रहे तो मालिक उसे गूंगा कहता है। यदि उसमें वाक्-चातुर्य है तो उसे चाटुकार की उपाधि मिलती है। मीठीं बात कहने पर उसे ख़ुशामदी कहा जाता है। यदि वह हित-भावना से भी अपने मालिक के अधिक निकट रहना पसन्द करता है, तो उसकी निकटता को ढिठाई या गुस्ताख़ी का नाम दिया जाता है। और अगर वह दूर रहे तो उसे मूर्ख एवं कायर कहा जाता है। जो वह मालिक की खरी-खोटी बात सुनकर भी शान्त रहता है, तो वह भीरु, दब्बू कहलाता है और नहीं सहता है तो वह कमीना और कृतघ्न कहलाता है। वर्षों नौकरी करने के बाद भी उसे अपने किसी भी अच्छे-से-अच्छे कार्य का श्रेय नहीं मिलता। जी-जान से मालिक को ख़ुश करने का प्रयत्न भी अपयश का ही भागी बनता है। इसीलिए पराई सेवा को इतना कठिन कहा गया है कि कोई साधक योगी भी सेवा का निर्वाह सफलतापूर्वक नहीं कर सकता। उचित यही है कि मनुष्य यथाशक्ति स्वतन्त्र व्यापार-व्यवसाय में अपनी शक्ति लगाए। निस्सन्देह नौकरी से आजीविका कमाना सरल कार्य मालूम पड़ता है, किन्तु वस्तुतः इस पराई सेवा में जो मानसिक कष्ट होते हैं, उन्हें सहन करना अन्य सब शरीर कष्टों से दुष्कर है।

59

उद्भासिताऽखिलखलस्य विशृङ्खलस्य
प्राग्जातविस्तृतनिजाऽधमकर्मवृत्तेः।
दैवादवाप्तविभवस्य गुणद्विषोऽस्य
नीचस्य गोचरगतैः, सुखमाप्यते कैः॥

अधम स्वामी की सेवा में सुख नहीं

सेवक होना स्वयं दुखों की खान है, फिर जिस सेवक का स्वामी दुर्जन, दुराचारी लोगों का सरताज हो; लोक-लाज छोड़कर मनमानी करने पर उतर आया हो, उसके सेवक का तो सांस लेना कठिन हो जाता है। ऐसे निरंकुश, स्वेच्छाचारी, दम्भी व्यक्तियों के निकट रहकर उनके नीच कार्यों में सहायक होने से अधिक दुर्भाग्यपूर्ण कार्य क्या हो सकता है!

ऐसे निरंकुश नीच कार्यों में आनन्द लेने वाले व्यक्ति केवल इस जन्म की परिस्थितियों से ही अधम नहीं होते। न जाने कितने जन्मों के पापों का फल भोगने के लिए वे वंशनाश के लिए पैदा होते हैं। इस जन्म से दुर्विनीत लोगों की चाकरी करना भी पुराने जन्मों के पाप का फल ही समझना चाहिए।

प्रायः अकस्मात बिना पुरुषार्थ किए धन-कुबेर बनने वाले लोगों में ही ये दुर्गुण पनपते हैं। अपनी दक्षता और निरन्तर अध्यवसाय से जिन्हें लक्ष्मी का वरदान प्राप्त होता है, वे प्रायः सच्चे, सद्गुणी होते हैं। उनके मन में दूसरे के गुणों के प्रति आदर-भाव भी होता है। किन्तु इन अचानक धनाढ्य बने दुर्जनों के हृदय में सच्चे गुणों का कोई सम्मान नहीं होता, इसके विपरीत वे गुण-द्वेषी होते हैं। समाज के सर्वमान्य नियमों एवं परम्परागत श्रेष्ठ संस्कारों के विरुद्ध आचरण करने में ही इनका अभिमान व्यक्त होता है। ऐसे अधम, असंस्कारी स्वामी के अधीन काम करते हुए भी सेवक सुखी नहीं हो सकता।

60

आरम्भगुर्वी, क्षयिणी क्रमेण, लघ्वी पुरा, वृद्धिमती च पश्चात्।
दिनस्य पूर्वार्द्ध-परार्द्धभिन्ना छायेव मैत्री खल-सज्जनानाम् ॥

सच्ची मैत्री की पहचान

जीवन-यात्रा में पग-पग पर नए साथी बनते हैं। प्रतिक्षण नए व्यक्तियों से पहचान होती है। स्वभावों में अनुकूलता हो तो यही पहचान स्नेह में बदल जाती है। मैत्री का द्वार खुल जाता है। जहां यह पहचान किसी भी स्वार्थ-सिद्धि से हो तो स्वार्थ-सिद्धि के बाद स्नेह-सम्बन्ध टूट जाता है। किन्तु जहां दो व्यक्ति परस्पर मिलकर आनन्द अनुभव करते हों, दोनों की रुचियों में समानता हो और दोनों के हृदयों में परस्पर आदर की भावना जागे, वहां वह मैत्री-सम्बन्ध प्रतिदिन दृढ़ होता जाता है। स्वार्थमूलक मैत्री मध्याहूनपूर्व की छाया के समान आरम्भ में बहुत विशाल होकर क्रमशः क्षीण होती जाती है। और सच्चे स्नेह-भाव पर पनपती हुई मैत्री दोपहर बाद की सन्ध्याकाल की छाया के समान प्रारम्भ में छोटी होकर बाद में प्रतिक्षण बढ़ती जाती है। सहज वृद्धिशील मैत्री ही सच्ची मैत्री है। दो सज्जनों के बीच बनी हुई मैत्री प्रायः दोनों के अन्तकाल तक निभती रहती है। वे जितनी गहराई से एक-दूसरे के निर्मल अन्तःकरण को देखने-पहचानने लगते हैं, उतना गहरा उनका स्नेह होता जाता है। सरल, सच्चा व्यवहार रखने वाला व्यक्ति सभी का स्नेहपात्र बन जाता है। स्नेह का यह सूत्र कभी भी नहीं टूटता। जो टूट जाए या समय के साथ शिथिल होने लगे तो वह सच्चा मैत्री-सम्बन्ध नहीं होता। मैत्री की रक्षा करने के लिए विशेष प्रयत्न भी नहीं करना पड़ता। सहज भाव से इसमें स्वयं वृद्धि होती जाती है। दुर्जन की मैत्री प्रयत्न करने पर भी नष्ट हो जाती है। मैत्री की इस परख को समझकर मनुष्य को चाहिए कि वह स्वार्थमूल मैत्री-सम्बन्धों की वास्तविकता को पहचाने और सच्चे मित्रों का पूरा सम्मान करे। सच्चा मित्र अक्षय धन-दौलत से भी अधिक मूल्यवान होता है।

61

मृग-मीन-सज्जनानां तृण-जल-सन्तोष-विहितवृत्तीनाम्।
लुब्धक-धीवर-पिशुना निष्कारणवैरिणो जगति ॥

सरल हृदय व्यक्तियों का शोषण अनुचित

हिरण, मछली और सज्जन क्रमशः घास, जल और सन्तोष-भावना के बल पर जीवन-निर्वाह करते हैं। किन्तु शिकारी, मछियारे और दुर्जन व्यक्ति अकारण ही उनसे वैर रखते हैं। उन्हें चैन से जीने नहीं देते।

हिरन निरीह पशु है, जो केवल तण खाकर वन-वीथियों में आनन्द से विचरता है। आहार के लिए उसे किसी की हत्या नहीं करनी पड़ती, न किसी को सच-झूठ से ठगना पड़ता है, फिर भी शिकारी इस निर्दोष, निरीह प्राणी की हत्या करता है। शिकार का लक्ष्य आहार है और मनोरंजन भी। मछली भी निर्दोष जीव है। पानी की वनस्पति या छोटी मछलियां खाकर वह निर्वाह करती है। मछली को मनुष्य ने अपना आहार बना लिया है। मनोरंजन के लिए भी मछली का शिकार किया जाता है। पर-पीड़न में तृप्ति लेने वालों की संख्या मनुष्यों में कम नहीं है।

निर्बल प्राणी को आहार बनाने या पर-पीड़ा में मनोरंजन करने वाले दुर्जनों की तादात इतनी अधिक है कि सज्जनों का सुख-सुविधा से सांस लेना भी कठिन हो गया है।

सज्जन रूखे-सूखे आहार और सादे वस्त्रों पर सन्तोष करके आत्मतृप्त रहता है। किन्तु दुर्जन उन्हें अपने जाल में फंसाकर उनका शोषण करने में संकोच नहीं करते। सरल हृदय व्यक्तियों का शोषण करके ही कुशल व्यापारी ठगों का ख़ज़ाना भरता है। स्वार्थहीन सज्जन उनके शिकार बन जाते हैं।

62

वाञ्छा सज्जनसङ्गमे, परगुणे प्रीतिर्गुरौ नम्रता,
विद्यायां व्यसनं, स्वयोषिति रतिर्लोकापवादाद् भयम्।
भक्तिः शूलिनि शक्तिरात्मदमने, संसर्गमुक्तिः खले,
येष्वेते निवसन्ति निर्मलगुणास्तेभ्यो नरेभ्यो नमः ॥

सज्जन कौन ?

गुणी व्यक्तियों में कुछ गुण अवश्य होते हैं। उन गुणों के कारण ही वे आदरणीय हैं। वे सज्जनों से ही मेल-जोल रखना पसन्द करते हैं, दूसरे गुण का वे हृदय से सम्मान करते हैं। अपने से अधिक विद्वान के प्रति विनम्र होना उनके स्वभाव का एक अंग होता है। पराई नारी को कभी कामुक दृष्टि से नहीं देखते। विवाहित पत्नी के प्रति ही सम्पूर्ण हृदय से अनुरक्त होते हैं। उससे ही रति-भावना रखते हैं। सज्जन में लोकापवाद का भय सदा जाग्रत रहता है। लोकमत का वे हृदय से आदर करते हैं। कोई भी कार्य ऐसा नहीं करते, जो सर्वमान्य परम्परा के प्रतिकूल हो। उनकी प्रभु-भक्ति निरापद रहती है। ईश्वर-विश्वास उनके स्वभाव का अंग बन जाता है। आत्मसंयम उनका मूलमन्त्र होता है। पाशविक प्रवृत्तियों, भोगमूलक वासनाओं पर उनका कठोर नियन्त्रण रहता है। सामाजिक विधि-विधान से वे सदैव अनुशासित रहते हैं। समाज की मान-मर्यादा का वे कभी उल्लंघन नहीं करते। इसीलिए उनका सामाजिक उत्कर्ष के शिखर पर पहुंचना सरल हो जाता है। ऐसे निश्चल, सच्चरित्र, संयमी व्यक्ति का मेल-जोल दुर्जनों से हो ही नहीं सकता। उनके सहकारी सहयोगी भी उनकी समरुचि के ही लोग होंगे। बड़ी-से-बड़ी विपत्ति में भी वे दुर्जन व्यक्ति का सहयोग नहीं लेते। और न कभी नीति-विरुद्ध आचरण करते हैं। इन सद्गुणी मनुष्यों के बल पर ही समाज की कल्याणकारी प्रवृत्तियों का संचालन होता है। इन कीर्तिवान व्यक्तियों से ही देश के गौर होती है।

63

विपदि धैर्यमथाभ्युदये क्षमा,
सदसि वाक्पटुता, युधि विक्रमः।
यशसि चाऽभिरुचिर्व्यसनं श्रुतौ,
प्रकृतिसिद्धमिदं हि महात्मनाम्॥

महान व्यक्तियों के स्वाभाविक गुण

विपत्ति के समय धैर्य रखना, विचलित न होना; और उत्कर्ष अभ्युदय में सबके प्रति उदार भाव रखना; किसी की दुर्भावना के प्रति भी उपेक्षित रहते हुए वैरभाव से किए गए प्रहारों को सह लेना, वैरी को हृदय से क्षमा कर देना महान आत्मावान मनीषी व्यक्तियों के स्वभाव में आ जाता है।

धीरज रखते हुए पूरे आत्मविश्वास के साथ उचित काम करते रहने से कार्य-सिद्धि अवश्य होती है। धैर्य और क्षमाशील होने से मन शान्त रहता है। शान्तचित्त व्यक्ति ही बुद्धिपूर्वक ठीक मार्ग पर चल सकता है और अपने निर्धारित लक्ष्य पर पहुंच सकता है।

धीरज खो देने से मनुष्य का मन बुझ जाता है। प्रथम असफलता पर ही वह उत्साहहीन हो जाता है। उसके स्वप्न टूट जाते हैं। मन की ऐसी उदासीनता में उसके दिल की मुरादों का चिराग़ बुझ जाता है। समाज में यशस्वी-जीवन बिताने की आकांक्षा समाप्त हो जाती है।

अतः जीवन में नवीन प्रवेश करने वालों के लिए महत्त्वाकांक्षा अनिवार्य है। उसके बिना मनुष्य का उदीयमान जनमानस जीवन से लक्ष्यच्युत हो जाता है।

64

प्रदानं प्रच्छन्नं, गृहमुपगते सम्भ्रमविधिः,
प्रियं कृत्वा मौनं, सदसि कथनं चाप्युपकृतेः।
अनुत्सेको लक्ष्म्यां, निरभिभवसाराः परकथाः,
सतां केनोद्दिष्टं विषममसिधाराव्रतमिदम्॥

सज्जन सच्चे साधक

सज्जन दान देकर घोषणा नहीं करते। कल्याण-कार्य में सहयोग देना अपना कर्तव्य समझते हैं और अन्य कर्तव्य-कार्यों की तरह दान देकर चुपचाप आत्म-सन्तोष में तृप्त रहते हैं। वे घर आए का उचित सत्कार अवश्य करते हैं। गृहस्थी घर-पधारे अतिथि को आदर देने में सम्मान समझता हैं। घर की सार्थकता केवल अपनी तृप्ति में नहीं है। वह स्नेह-भावना का ऐसा केन्द्र-स्थल है, जहां से स्नेह-सौहार्द्र का अजस्र झरना बहता है। सज्जन स्वयं परोपकार करके चुप रह जाते हैं, किन्तु दूसरे द्वारा किए गए उपकार की घोषणा मुक्त-कंठ से करते हैं। तब उनका हृदय कृतज्ञता से इतना भर जाता है कि प्रशंसा के वाक्य स्वयं बाहर आते हैं। लक्ष्मीपति होकर भी विनम्र रहना उनके स्वभाव में समा जाता है। जैसे फल-फूल से लदी शाखा झुक जाती है, वैसे सज्जन का हृदय भी धन-सम्पदा के भार से विनत भी रहता है। प्रायः सामान्य व्यक्ति धन का प्रदर्शन करने, शान-शौकत बढ़ाकर समाज में दूसरों को नीचा दिखाने में ही धन की सार्थकता समझते हैं। इसीलिए आवश्यकता से अधिक धनोपार्जन समाज के लिए अभिशाप हो जाता है। सज्जन का धन सामाजिक कल्याण में सहायक होता है। सज्जन परनिन्दा में रुचि नहीं लेते। पीठ-पीछे निन्दा करने की आदत प्रायः सभी सामान्य व्यक्तियों की होती है। बातचीत का विषय ही प्रायः परकीय निन्दा का ही रहता है। निस्सन्देह ऐसे प्रशस्त-मार्ग पर चलना तलवार की धार पर चलने के समान कठिन कार्य है। केवल वही साधक व्यक्ति इस कठोर व्रत का सफलता से निर्वाह कर सकते हैं–जिनकी नस-नस में सदाशयता एवं सद्गुणों का रक्त स्वभाव से प्रवाहित होता हो।

65

करे श्लाघ्यस्त्यागः, शिरसि गुरुपादप्रणयिता,
मुखे सत्या वाणी, विजयि भुजयोर्वीर्यमतुलम्।
हृदि स्वच्छा वृत्तिः, श्रुतमधिगतं च श्रवणयो-
र्विनाऽप्यैश्वर्येण प्रकृतिमहतां मण्डनमिदम्॥

ऐश्वर्य बिना भी मनुष्य शोभास्पद

धन-दौलत के बिना भी मनुष्य गौरवशाली हो सकता है। हम चित्ताकर्षक वस्त्रों और आभूषणों से ही देह का शृंगार करते हैं। इन प्रसाधनों के बिना शरीर को शोभास्पद नहीं मानते। यह स्थापना झूठी है। हाथों की शोभा सोने का कंगन या रत्नजटित अंगूठी पहनने से नही, अपितु उन हाथों से उदारतापूर्वक दान देने से होती है। मस्तक की शोभा स्वर्णमंडित मुकुट से नहीं, बल्कि श्रद्धापात्र गुरुजन के सामने झुकाने में है। मुख की शोभा रूप-वृद्धि के लिए प्रसारित प्रसाधन-सामग्री से नहीं, अपितु सत्य वचन से है। जिसकी वाणी में सत्य और माधुर्य का मिश्रण होगा उसका गौरव झूठे, दम्भी स्वरूपवान व्यक्ति से अधिक है। मनुष्य की भुजाओं का शृंगार पुरुषार्थ और पराक्रम से होता है। हाथ से परिश्रम न करने वाले आलसी व्यक्तियों के हाथ का कोई मूल्य नहीं। एक पराक्रमी आदमी सौ कायरों से अधिक अच्छा है। देह के हृदय-स्थल की शोभा रत्नाहार या मोतियों की माला से नहीं, अन्तःकरण की सरल निर्मल भावनाओं से है। रत्नहारों से मंडित वक्षस्थल यदि भीतर की कुटिलताओं से मलिन होगा, तो उसे कौन शोभास्पद कहेगा? इसी प्रकार कानों का अलंकार कर्णफूल नहीं, श्रुति-श्रवणप्रियता है। जो कान पवित्र शास्त्रों को सुनना पसन्द नहीं करते, उन्हें गहने पहनकर सजाना निरर्थक है। बाहरी सजावट की अपेक्षा अन्दर का भावनात्मक शृंगार अधिक गौरवस्पद होता है। अतः मनुष्य को आकर्षक वस्त्रों और गहनों से देह के अंग-प्रत्यंग का शृंगार करने में धन, समय और शक्ति का अपव्यय न करके गुण-ग्रहण में अधिक ध्यान लगाना चाहिए।

66

सम्पत्सु महतां चित्तं भवत्युत्पलकोमलम्।
आपत्सु च महाशैलशिलासङ्घातकर्कशम् ॥

गुणवान और गुणहीन में अन्तर

गुणवान और गुणहीन व्यक्ति में एक अन्तर यह भी है कि गुणवान व्यक्ति धनवान होने पर भी कमल-सा कोमल रहता है। प्रचुर मात्रा में धन, विद्या अथवा ऊंचा पद प्राप्त करने पर भी उसके हृदय में अभिमान नहीं जागता, अपितु अधिकाधिक सम्पत्ति मिलने के साथ वह और भी विनयशील होता जाता है। उसके हृदय में भाग्यशाली होने के कारण ईश्वर के प्रति कृतज्ञता के भाव बढ़ते जाते हैं और यह अनुभूति भी होती जाती है कि वह अपने साथी सहयोगियों के सहकार से ही महान बना है। अतः उसे समाज के सब वर्गों के प्रति कृतज्ञ रहना चाहिए। किन्तु जब विपत्ति आती है, तो उसका हृदय कोमल होने के स्थान पर विपत्ति सहन करने की क्षमता बढ़ाने के लिए कठोरता ग्रहण कर लेता है। विपत्ति जितनी कठिन होती है, उसकी सहनशक्ति भी उतनी ही कठोर होती जाती है। यह कठोरता उसे विपत्ति के आघात-प्रत्याघात से बचने के लिए आवश्यक होती है। सामान्य व्यक्ति की मनःस्थिति इसके सर्वथा विपरीत होती है। वह धन-दौलत आने पर कठोर हो जाता है। उसमें करुणा, दया और सहानुभूति के भाव नहीं रहते! किसी का दुख देखकर वह नहीं पसीजता एवं विपत्ति आने पर उसका मन इतना कमज़ोर हो जाता है कि वह छोटे-से-छोटे कष्ट का भी धैर्यपूर्वक सामना नहीं कर सकता। प्रतिकूल परिस्थिति आते ही गुणहीन व्यक्ति अपने धैर्य, साहस आदि गुणों को बिल्कुल भूल जाता है। और थोड़ी-सी हवा चलने पर भी कांपती शाखा की तरह कांपकर टूट जाता है। जिस व्यक्ति में विपत्ति के समय पाषाण-शिला की तरह कठोर होने की क्षमता नहीं और सम्पन्नता के समय दया, करुणा आदि कोमल भावनाओं का अभाव होता है, वह किसी भी दृष्टि से महान बनने योग्य नहीं होता है और जन्म-भर नीच रहता है।

67

सन्तप्तायसि संस्थितस्य पयसो नामापि न ज्ञायते,
मुक्ताऽऽकारतया तदेव नलिनीपत्रस्थितं राजते।
स्वात्यां सागरशुक्तिमध्यपतितं तन्मौक्तिकं जायते,
प्रायेणाधममध्यमोत्तमगुणः संसर्गतो जायते॥

संसर्ग से ही श्रेष्ठता

तपे लोहे पर जल की बूंद पड़े, तो एक क्षण में नामावशेष हो ही जाती है। जल की वह बूंद यदि कमल के पत्ते पर पड़े, तो मोती-सा रूप ले लेती है। और अगर वह बूंद स्वाति-नक्षत्र में सागर स्थित सीप के अन्दर चली जाए, तो वह सच्चे मोती की अनमोल कड़ी बन जाती है। संसार में अधम, मध्यम और सद्‌गुण प्रायः परिस्थितिवश ही अपना भिन्न रूप ग्रहण करते हैं।

सद्यःजात बालक का व्यक्तित्व भी जल की बूंद के समान है। प्रतिकूल परिस्थितियों में उसका विकास नहीं होता। जिस वातावरण में वह पलता है, वह यदि उसके स्वभाव के सर्वथा प्रतिकूल है, तो उसकी क्षमताएं तपे हुए लोहे पर पड़ी जल की बूंद की तरह जलकर नष्ट हो जाएंगी। जिस क्षेत्र में बुद्धि का आदर नहीं होता, वहां बुद्धि का विकास असम्भव है। समुचित आदर मिलने पर बालक के गुण उसी प्रकार चमकते हैं, जिस प्रकार कमल-पत्र पर पड़ा हुआ जल-कण। सभी पौधों के पत्ते कमल की तरह नहीं होते। वे जल-कण का शोषण कर लेते हैं। कमल-पत्र जल-बिन्दु की आर्द्रता से अपने को गीला नहीं करता। इसीलिए जल-कण अपनी हस्ती बनाए रखता है। सागर की सीप के अन्तराल में पहुंचकर तो जल-बिन्दु को अन्य अनेक सहायक तत्त्व ऐसे मिल जाते हैं, जिनसे उसमें मोती की चमक आ जाती है।

68

यः प्रीणयेत्सुचरितैः पितरं स पुत्रो,
यद् भर्तुरेव हितमिच्छति तत्कलत्रम्।
तन्मित्रमापदि सुखे च समक्रियं य-
देतत्त्रयं जगति पुण्यकृतो लभन्ते ॥

ये तीन वरदान बड़े भाग्य से मिलते हैं

पुत्र कहलाने का अधिकार उसी बालक को है, जो अपने उत्कृष्ट चरित्र से पिता को प्रसन्न रख सके। पत्नी की उपाधि से विभूषित होने का अधिकार उसी स्त्री को है, जो प्रत्येक परिस्थिति में पति का कल्याण चाहे और वही कार्य करे, जिससे पति का अभ्युदय हो। मित्र कहलाने का अधिकारी वही व्यक्ति है, जो अपने साथी के सुख-दुख में एक समान व्यवहार रखे, विपत्ति आने पर साथी का साथ न छोड़े। संसार में ऐसे बहुत कम भाग्यशाली व्यक्ति हैं, जिन्हें अच्छे पुत्र, हितकारिणी पत्नी और विपत्ति में सहायक मित्र मिलता है। यों तो हर पुरुष पिता बनता है और पुत्र की प्राप्ति करने पर अपने को भाग्यवान समझता है, किन्तु असल में भाग्यशाली वही पिता है, जिसका पुत्र सदाचारी और गुणवान है। पुत्र के धनवान होने से पिता को उतना लाभ नहीं मिलता, जितना पुत्र के सदाचारी होने से मिलता है। धन-सम्पन्न होते ही जो युवक आचारहीन हो जाते हैं और समाज की मान-मर्यादा भंग करके मनमाना व्यवहार करते हैं, वे पिता के लिए भी कलंक का कारण बनते हैं। ऐसे पुत्र से पिता को दुख ही मिलता है। दुख देने वाले पुत्र को पुत्र कहलाने का अधिकार नहीं है। जो पत्नी पति के अनुकूल चलकर अपने ही साजसिंगार में अथवा समाज की झूठी प्रतिष्ठा पाने में समय और धन का व्यय करती है; वह भी पत्नी होने योग्य नहीं है। मित्र भी वही होता है जो सुख-दुख में एक-समान सहायक बना रहे। सुख के साथी बहुत मिल जाते हैं, किन्तु दुख में स्नेह और सहानुभूति देने वाला बिरला ही मिलता है। जीवन में एक-दो सच्चे मित्र भी मिल जाएं तो जीवन-यात्रा सुखपूर्वक कट जाती है।

69

एको देवः केशवो वा शिवो वा, ह्येकं मित्रं भूपतिर्वा यतिर्वा,
एको वासः पत्तने वा वने वा, एका नारी सुन्दरी वा दरी वा ॥

एक देवता, एक मित्र, एक निवास, एक नारी

एक ही देवता की आराधना करना योग्य है। केशव की या शिव की। कृष्ण की या महादेव की। एक ही व्यक्ति की मित्रता का आधार लेना चाहिए; राजा का या तपस्वी का। एक ही स्थान पर वास करना चाहिए, नगर में या वन में। आनन्द के लिए एक को ही अपनाना चाहिए. सुन्दर नारी को या वन-कन्दरा को। अभिप्राय है कि मनुष्य को अपनी परिस्थितियां देखकर जीवन की एक सुनिश्चित पृष्ठभूमि तैयार कर लेनी चाहिए और उसी के अनुसार अपने जीवन का मार्ग बनाना चाहिए। सुविधाओं में रहकर मनुष्य किसी एक ध्येय पर नहीं पहुंच पाता और वह जीवन-भर लक्ष्यहीन होकर अनेक विभिन्न दिशाओं में जाने वाली राहों पर भटकता रहता है। प्रत्येक विचारवान व्यक्ति को अपनी क्षमताएं पहचानकर बहुत शीघ्र यह सोच लेना चाहिए कि वह संसार के उल्लास-विलास का भोगमय जीवन बिताएगा अथवा त्यागमय। भगवान कृष्ण विलासमय जीवन के प्रतीक माने जाते हैं और शिवजी त्याग के। इसी प्रकार उसे यह भी निश्चय करना होगा कि उसे धन-सम्पन्न श्रीमानों की मित्रता का वरण करना है अथवा तपस्यामय जीवन बिताने वाले विरक्त का। संसार में प्रेय और श्रेय दो ही तरह के मार्ग हैं। प्रेय-पथ का यात्री निश्चय ही नगर में रहेगा और सुन्दर नारी के साथ विलासमय जीवन व्यतीत करेगा। श्रेय-पथ का राही भोगमय जीवन का त्याग कर वन के एकान्त की कन्दराओं में आत्मतृप्त होकर रहेगा। ये दोनों ही मार्ग जीवन को सार्थक बना सकते हैं। किन्तु जो व्यक्ति प्रारम्भ में ही किसी एक मार्ग का अवलम्बन कर लेगा, वह चरम लक्ष्य तक पहुंच जाएगा और जो डांवाडोल रहेगा वह किसी लक्ष्य तक न पहुंचकर केवल भटकता ही रहेगा।

70

नम्रत्वेनोन्नमन्तः परगुणकथनैः स्वान्गुणान्ख्यापयन्तः,
स्वार्थान्सम्पादयन्तो विततपृथुतरारम्भयत्नाः परार्थे।
क्षान्त्यैवाक्षेपरूक्षाक्षर मुखर मुखान् दुर्जनान् दूषयन्तः
सन्तः साश्चर्यचर्या जगति बहुमताः कस्य नाभ्यर्चनीयाः ॥

सन्त कौन?

जो नम्र होते हैं – नीचे झुकते हैं, वही ऊंचा उठते हैं। अपने गुणों पर गर्व करने के स्थान पर जो दूसरों के गुणों की खुले दिल से प्रशंसा करते हैं, उनके सद्गुण स्वयं प्रकाश में आ जाते हैं। प्रशंसित सज्जन स्वयं उनके अच्छे कार्यों की सराहना करने लगते हैं। दूसरे को यशस्वी बनाने वाला स्वयं यशोपार्जन कर लेता है। ऐसे व्यवहारकुशल व्यक्ति अपना अभिप्राय सिद्ध करते हुए भी इतना आत्मकेन्द्रित या संकीर्ण मनोवृत्ति के नहीं होते कि दूसरों को नीचा दिखाने लगें। कुछ हद तक तो प्रत्येक को आत्म-लाभ के लिए यत्नशील होना ही चाहिए, किन्तु प्रत्येक कार्य-क्षेत्र में इतना विस्तार अवश्य होता है कि प्रत्येक को उन्नति का मार्ग मिल जाए। सज्जन इसका लाभ उठाते हैं।

किन्तु दुर्जन अपने सहयोगी को नीचा दिखाकर आगे बढ़ने में गौरव अनुभव करते हैं। अतः वे अनायास पर-निन्दा में प्रवृत्त हो जाते हैं। दूसरों को बदनाम करने में ही उन्हें नाम कमाने का अवसर दिखाई देता है। सज्जन इसके विपरीत इतना क्षमाशील हो जाता है कि वह निन्दक के प्रहारों पर भी विचलित नहीं होता। न तो वह स्वयं दूसरे की निन्दा करता है और न निन्दक की आलोचनाओं से दिल मैला करता है। वह सब आघात चुपचाप सहता हुआ आगे बढ़ता जाता है। सज्जन की इस असाधारण सहिष्णुता और उदारशयता से वह सबका दिल जीत लेता है। उसके प्रतिद्वन्द्वी भी उसकी सराहना करने लगते हैं। ऐसे निरभिमानी, निरीह, सज्जन व्यक्ति ही सन्त कहलाते हैं।

71

भवन्ति नम्रास्तरवः फलोद्गमैर्नवाम्बुभिर्भूमिविलम्बिनो घनाः।
अनुद्धताः सत्पुरुषाः समृद्धिभिः, स्वभाव एवैष परोपकारिणाम्॥

परोपकारी स्वभाव से नम्र

वृक्षों की शाखाएं फलदार होकर झुक ही जाती हैं। आकाश पर चढ़ते बादल जल-भार से भारी होकर धरती की ओर झुक जाते हैं। सज्जन भी धन-सम्पदा पाकर झुक जाता है, विनम्र हो जाता है। परोपकारी स्वभाव के सभी पदार्थ या जीव सम्पन्नता पाकर विनयावनत होते ही हैं। जिनके मन में परोपकार की भावना का उदय नहीं होता, वे थोड़ा-सा भी धन पाकर इतरा जाते हैं। उन्हें अपने पौरुष पर इतना गर्व हो जाता है कि गर्दन झुकाने में अपमान अनुभव होता है। दौलत का नशा उनके मस्तिष्क पर इस कदर छा जाता है कि उन्हें संसार में अन्य सब तुच्छ दिखाई देते हैं। किसी के दुख में सहायक होना उन्हें सर्वथा असंगत प्रतीत होता है। अपने भाग्य में आई सम्पदा में किसी दूसरे को साझीदार बनाने की कोई युक्ति उनके दिमाग़ में नहीं बैठती। दया, उपकार, करुणा, विनय आदि शब्द उन्हें निरर्थक प्रतीत होते हैं। अभी उन्हें यह अनुभव नहीं होता कि धन-दौलत आनी-जानी है। नश्वर है। अहंकारवश वे यह भूल जाते है कि सम्पत्तिवान होने में भाग्य का बड़ा हाथ है। और यह कि धनवान होने से ही उन्हें जीवन के सब सुख प्राप्त नहीं हो जाते। अनुभवशून्य व्यक्ति ही धन पाकर मदान्ध होते हैं। जीवन की ऊंची-नीची राहों पर चलने के अनुभवी व्यक्तियों को मालूम होता है कि धन ही सुख का कारण नहीं होता। सुख की प्यास धन से नहीं बुझती, बल्कि धन और भी अतृप्ति पैदा करता है। सच्चा सुख परोपकार में है। दूसरे को सुख देने से ही सुख मिलता है। वृक्ष उदारता से फल देते हैं, इसीलिए उनकी शाखाएं फलों से लद जाती हैं। वृक्षों की शाखाओं को ऊंचे उठना भी आता है और फलों से भारी होकर नीचे झुकना भी आता है। मनुष्य को भी वृक्षों से ऊपर उठने तथा परोपकार के लिए झुकने की दिशा लेनी चाहिए।

72

श्रोत्रं श्रुतेनैव न कुण्डलेन, दानेन पाणिर्न तु कङ्कणेन।
विभाति कायः करुणापराणां परोपकारैर्न तु चन्दनेन॥

शरीर का शृंगार–परोपकार

कानों की शोभा कर्ण-कुंडल या अन्य आभूषण पहनने से नहीं, अपितु जीवन को उत्कर्ष का मार्ग दिखाने वाले शास्त्रों के वचन सुनने से होती है। हाथों का सच्चा शृंगार स्वर्ण-कंगन नहीं, दान देना है। देह की शोभा और सार्थकता दूसरों की सहायता करने में है, न कि चन्दनादि के अवलेपन में है।

पार्थिव शरीर को गहनों से सजाया जा सकता है, चमकीले वस्त्रों से ढककर आकर्षक बनाया जा सकता है, किन्तु यह शृंगार केवल दूसरों का ध्यान खींचने और दूसरों की नज़रों में ऊंचा उठने की कोशिशें हैं। इस कोशिश में क्षणिक सफलता भी मिल सकती है, किन्तु उसका परिणाम सिवाय दूसरों के मन में ईर्ष्या जगाने से कुछ नहीं निकलता।

ईर्ष्या के साथ द्वेषभाव भी जाग्रत हो जाता है। चमकीले वस्त्राभूषण से साथियों और पड़ोसियों के दिल में जलन पैदा की जा सकती है, प्रेम या सहानुभूति नहीं। इसके विपरीत यदि कानों से शास्त्र-चर्चा सुनी जाए, हाथों से सुपात्र में दान दिया जाए, और मानव-देह की सार्थकता परोपकार में समझकर सबसे प्रेम का व्यवहार किया जाए, तो जो आत्मसन्तोष प्राप्त होगा उसका शतांश भी बाह्य-शृंगार-जनित कृत्रिम सौन्दर्य-वृद्धि से नहीं मिलेगा। शास्त्र-चर्चा से ज्ञान-वृद्धि होगी और ज्ञान-वृद्धि से नवीन प्रेरणा मिलेगी। दान देने से इस लोक में यश मिलेगा और परलोक में मोक्ष-प्राप्ति का द्वार खुलेगा।

73

पापान्निवारयति, योजयते हिताय,
गुह्यं निगूहति, गुणान्प्रकटीकरोति।
आपद्गतं च न जहाति, ददाति काले,
सन्मित्रलक्षणमिदं प्रवदन्ति सन्तः॥

सच्चा मित्र कौन?

सच्चा मित्र वही है, जो अपने साथी को अशोभनीय कार्यों में प्रवृत्त होने से बचाए, और सत्कार्य करने की प्रेरणा दे। सच्चा मित्र साथी के दुर्गुणों पर पर्दा डालने का यत्न करता है और अच्छे गुणों को अधिक-से-अधिक पनपने का अवसर देता है। अच्छा मित्र आपत्ति पड़ने पर कभी भी साथी को असहाय अनुभव नहीं होने देता। अवसर पड़ने पर वह मित्र को यथाशक्ति सहायता भी देता है।

मित्र का पहला कर्तव्य है कि वह अपने साथी मित्र से प्रेम तो करे, किन्तु प्रेमवश इतनी ढील न दे कि वह बुरे माने जाने वाले मार्ग पर चलता रहे और मित्र उसकी हां-में-हां मिलाकर समर्थन करता जाए। समय पर कड़वी बात कहना भी मित्र का ही कर्तव्य है। केवल मीठी बातें कहने से ही मित्रता सार्थक नहीं होती। हित की बात प्रायः कड़वी होती है।

मित्र के अवगुणों पर पर्दा डालकर उसके सद्गुणों को निखारना भी मित्र का कर्तव्य है। एक-दूसरे पर विश्वास करके मित्र अपने दिल की बड़ी-से-बड़ी कमज़ोरी को प्रकट करता है। उस कमज़ोरी को सबके सामने प्रकट करना विश्वासघात है। विश्वासघाती व्यक्ति सच्चा मित्र नहीं बन सकता। किसी मित्र का भेद जानकर खोल देने वाला मित्र द्रोही होता है। जो सामने मीठी बात कहे और पीठ पीछे निन्दा करे, वह भी मित्र कहलाने योग्य नहीं है।

सुख के साथी बहुत मिल जाते हैं, किन्तु आपत्ति के समय जो साथ निभाए वही मित्र होता है, सच्चा मित्र वही है, जो बिना किसी स्वार्थ के स्नेह करे, सुदिन और दुर्दिन में समान रहे। सच्चा मित्र अपने साथी के लिए बड़ी-से-बड़ी कुर्बानी में भी नहीं हिचकता। प्रेम की परख कुर्बानी से ही होती है। केवल विचारों की अनुकूलता से ही मैत्री नहीं पनपती। प्रतिदिन के मेल-मिलाप को ही मैत्री नहीं कहा जा सकता। आपत्तिकाल में जो अपने स्वार्थ का त्याग करके मित्र की सहायता करता है, वही सच्चा मित्र होता है।

74

पद्माकरं दिनकरो विकचीकरोति,
चन्द्रो विकासयति कैरवचक्रवालम्।
नाभ्यर्थितो जलधरोऽपि जलं ददाति,
सन्तः स्वयं परहितेषु कृताभियोगाः॥

सन्त स्वभाव से परोपकार–परायण

जिस प्रकार सूर्य कमल-पुष्प को स्वयं विकसित करता है, चन्द्रमा कुमुद-पुष्प को खिलाता है, मेघ बिना याचना के अपने ही हृदय की उदारता से जलवृष्टि करता है, उसी प्रकार सज्जन सहृदय मनुष्य स्वयं दूसरों की भलाई करते हैं।

सूर्य और चांद अपना कार्य करने से पूर्व किसी की आराधना की प्रतीक्षा नहीं करता। नियत समय पर आकर प्रभु-द्वारा निर्धारित कार्य करते हुए संसार-वाटिका के प्रत्येक कमल-पुष्प को खिला जाता है। सूर्य के मन में कोई पक्षपात नहीं। उसके मन में पूर्व-पश्चिम, दक्षिण-उत्तर सभी दिशाओं, सब देशों के कमल-फूलों से एक सदृश स्नेह है। वह पात्र-कुपात्र का भी विशेष ध्यान न करके सबका मंगल करता है।

75

एके सत्पुरुषाः परार्थघटकाः स्वार्थं परित्यज्य ये,
सामान्यास्तु परार्थमुद्यमभृतः स्वार्थाविरोधेन ये।
तेऽमी मानुषराक्षसाः परहितं स्वार्थाय निघ्नन्ति ये,
ये निघ्नन्ति निरर्थकं परहितं ते के न जानीमहे॥

उत्कृष्ट, सामान्य और नीच

उत्कृष्टतम सज्जन वे हैं, जो अपने स्वार्थों की बलि देकर भी, अपने मतलब को भूलकर भी दूसरों की भलाई अवश्य करते हैं, किन्तु अपने स्वार्थ को तिलांजलि देकर नहीं। वे अपने-पराये दोनों के हित-साधन में तत्पर रहते हैं। सामान्य पुरुष इसी श्रेणी के होते हैं। कुछ लोग ऐसे भी होते हैं, जिनका लक्ष्य स्वार्थसिद्धि होता है और इसके लिए वे दूसरों के काम में विघ्न डालकर भी अपने कार्य को सम्पन्न करने में हिचकिचाते नहीं। ऐसे निर्लज्ज मनुष्य कहलाने योग्य नहीं। उन्हें मनुष्य रूप में राक्षस जानना चाहिए। समाज में ऐसे नर-राक्षसों की कमी नहीं है। जिस देश के नागरिक इस अधम श्रेणी के होंगे, वहां परस्पर सहयोग भावना का अभाव होगा। किसी भी सामूहिक कल्याण के कार्य को वहां सफलता नहीं मिलेगी। समाज की नींव वहीं दृढ़ होती है, जहां मनुष्य सामूहिक हित के लिए अपने व्यक्तिगत स्वार्थों का त्याग करने के लिए उद्यत रहे। यह त्याग प्रत्यक्ष क्षेत्र में करना होता है। छोटे से बड़े प्रत्येक नागरिक-कर्तव्य में त्यागवृत्ति अपनानी पड़ती है। तभी परिवार, समाज या देश के समुन्नत होने की सम्भावना हो सकती है। दुर्भाग्य से कुछ लोग ऐसे भी हैं, जो बिना प्रयोजन दूसरे की उन्नति में बाधा डालते हैं। जब उन्हें अपनी उन्नति का विश्वास नहीं रहता तो वे दूसरों को भी आगे बढ़ते नहीं देखना चाहते। यह नीचता की पराकाष्ठा है। तीव्र ईर्ष्यावान मनुष्य यह जघन्य कार्य भी करता जाता है। ऐसे नरपामरों को क्या संज्ञा दी जाए – यह समझ में नहीं आता।

76

क्षीरेणात्मगतोदकाय हि गुणा दत्ताः पुरा तेऽखिलाः
क्षीरोत्तापमवेक्ष्य तेन पयसा स्वात्मा कृशानौ हुतः।
गन्तुं पावकमुन्मनस्तदभवद् दृष्ट्वा तु मित्रापदं
युक्तं तेन जलेन शाम्यति, सतां मैत्री पुनस्त्वीदृशी ॥

सत्पुरुषों की मैत्री

सत्पुरुषों की मैत्री दूध और जल की-सी होती है। दोनों एक-दूसरे की भावना को समझकर अपने रंग-रूप और कार्यों में यथायोग्य परिवर्तन कर लेते हैं। दोनों परस्पर इतने घुलमिल जाते हैं कि उनमें भेद करना कठिन हो जाता है। दूध में जल के मिलते ही दूध अपने सारे गुण जल को दे देता है। मित्र को भी अपनी सम्पत्ति मित्र के हवाले करने में संकोच नहीं करना चाहिए। इस त्याग में ही मैत्री की परीक्षा होती है। दूध को जलते देखकर जल में भी उबाल आ जाता है और वह भी अपना शरीर आग में झोंकने को उबल उठता है। सच्चा मित्र भी इसी तरह आपत्ति-काल में पूर्ण समर्पण के लिए तैयार होता है। उबलते हुए दूध में जब जल का छींटा पड़ता है, तो अधिक-से-अधिक उबलकर आग में गिरने वाला दूध भी तुरन्त शान्त हो जाता है। मित्र का स्पर्श भी इसी तरह साथी के अतृप्त मन को शान्त करने वाला होना चाहिए। यह तभी होगा जब दोनों के मन में एक-दूसरे का पूरा विश्वास होगा। दूसरे के मन को शान्त करने की क्षमता केवल मित्र में ही होती है। माता-पिता के हृदय में पुत्र के लिए बहुत प्रेम होता है, किन्तु वे भी अपने युवक-पुत्र के मन को शान्त नहीं कर पाते। युवक का विद्रोही मन माता-पिता या गुरुजनों के उपदेशों या आश्वासनों से शान्त नहीं होता। केवल सच्चा मित्र ही उसे शान्त कर सकता है। क्योंकि जवान लड़का अपने मन की बात केवल अपने मित्र के सामने ही खोलता है। उसके दिल का दर्द उसका समवयस्क मित्र ही जान सकता है। अन्य कोई कितना ही हितचिन्तक हो, जिस गहराई तक मित्र पहुंच सकता है, वहां तक आचार्य अथवा माता-पिता भी नहीं पहुंच सकते।

77

इतः स्वपिति केशवः, कुलमितस्तदीयद्विषा
मिश्च शरणार्थिनां शिखरिणां गणाः शेरते।
इतोऽपि वडवानलः सह समस्तसंवर्तकैरहो
विततमूर्जितं भस्सहं च सिन्धोर्वपुः।।

सत्पुरुष सागर के समान उदार और सहिष्णु

मनुष्य को महासिंधु की तरह विशाल हृदय, शक्तिशाली और सहिष्णु होना चाहिए। उसमें एक ओर शेषाशायी विष्णु सोए हुए हैं, दूसरे छोर पर दानव समुदाय है। एक ओर देवराज इंद्र के व्रज से भयभीत हुए पर्वतों ने शरण ली हुई है, दूसरी ओर प्रलयाग्नि समेत बड़वानल प्रचण्ड अग्नि से जल रहा है।

सज्जन और दुर्जन में समभाव रखने वाला महान पुरुष सागर की तरह ही उदार और सहनशील होता है। जैसे आग और शीतलता सागर के हृदय में एक समान रहती हैं, वैसे ही महापुरुष के हृदय में भी समस्त चराचर के प्रति एक समान प्रेम रहता है।

78

तृष्णां छिनधि भज क्षमां जहि मदं पापे रतिं मा कृथाः
सत्यं ब्रूह्नुयाहि साधुण्ववीं सेवस्व विद्वज्जनम्।
मान्यान्मानय विद्विषोऽप्यनुनय प्रख्यापय प्रश्रयं
कीर्तिं पालय, दुःखिते कुरू दयामेतत्सतां लक्षणम्।।

सज्जन निरंतर साधना करे

सज्जन बनने के लिए मनुष्य को निरंतर साधना करनी चाहिए। उनके सभी व्यवहारों में सज्जनता की झलक होनी चाहिए। जो सत्पुरुष बनना चाहता है, उसके लिए आवश्यक है कि वह तृष्णा का त्याग करे, किसी भी वस्तु को पाने की तीव्र इच्छा, ऐसी प्यास है जो कभी नहीं बुझती। इच्छा में तीव्रता के त्याग से ही तृष्णा का त्याग होता है। साधक को चाहिए कि वह क्षमाशील हो। मनुष्य को पग–पग में अपमान और दुर्वचन सहने पड़ते हैं। इन सबकी कटुता हृदय में इकट्ठी करके मनुष्य शांत भाव से आगे नहीं बढ़ सकता। अतः उसे पग–पग पर क्षमा करना होगा। कई व्यक्ति दूसरों के सुख–दुख में साथ देना भूल जाते हैं, लेकिन जो व्यक्ति स्वभाव से सत्पुरुष होता है, वह ऐसी भूल नहीं करता।

79

मनसि वचसि काये पुण्यपीयूषपूर्णा-
स्त्रिभुवनमुपकारश्रेणिभिः प्रीणयन्तः।
परगुणपरमाणून् पर्वतीकृत्य नित्यं
निजहृदि विकसन्तः सन्ति सन्तः कियन्तः॥

पराये गुणों का अतिशय सम्मान सत्पुरुष का स्वभाव

संसार में ऐसे सत्पुरुष विरले ही होते हैं, जिनके तन, मन, वचन में अमृत भरा होता है; जो अपने उपकारों से तीन लोक के चराचर को तृप्त करते हैं और जो दूसरे के परमाणु-समान छोटे गुणों को पर्वत-सा मान बढ़ा-चढ़ाकर अपने हृदय में उन गुणों के विकास का यत्न करते हैं। ऐसे दिव्यगुण-सम्पन्न व्यक्ति बहुत कम हैं, जो अपने शरीर से किसी को कष्ट नहीं देते। बल्कि अधिक-से-अधिक शारीरिक कष्ट उठाकर दूसरों को सुख देने का यत्न करते हैं। ये दिव्यपुरुष कभी किसी को दुख देने का विचार भी मन में नहीं लाते। बल्कि अपने मन में भरे अमृतमय आनन्द में सबको भागीदार बनाने का यत्न करते हैं। इन विरले दिव्यात्माओं के वचन में भी मधुरता और दिव्य-प्रेरणा देने का गुण होता है। सम्पूर्ण वसुधा के लोक इनके कार्य-क्षेत्र होते हैं। किसी एक देश, समाज या जाति के दायरे में ही ये युग-पुरुष बंधे नहीं होते। वे समस्त मानव-जाति को अपनी आत्मीयता के सूत्र में बांध लेते हैं। इनका करुणासागर हृदय सकल चराचर को आश्रय देने के लिए व्याकुल रहता है।

इन अतिमानव देव-पुरुषों का स्वभाव होता है कि वे दूसरे के छोटे-से गुण का भी असाधारण आदर करते हैं। बड़े-से-बड़े पापी में भी इनकी दृष्टि कोई ऐसा गुण देख लेती है, जो आदरणीय होता है। पापी को भी वे प्यार करते हैं और अपने प्यार से उनका कलुष धो देते हैं। संसार ऐसे बिरले सन्तों के बल पर ही चल रहा है।

80

कि तेन हेमगिरिणा, रजताद्रिणा वा, यत्राश्रिताश्च तरवस्तरवस्त एव।
मन्यामहे मलयमेव यदाश्रयेण कङ्कोलनिम्बकुटजा अपि चन्दनाः स्युः ॥

धन्य है मलयाचल !

उस सोने के दिव्य, गगनचुम्बी सुमेरु पर्वत और चांदी से उज्ज्वल कैलाश पर्वत से संसार को क्या लाभ, जिन पर पैदा होने वाले वृक्षों का व्यक्तित्व, उनका रूपरंग, दिव्य और उज्ज्वल नहीं बनता। उनकी अपेक्षा तो वह मलयाचल ही श्रेष्ठ है, जो गगनचुम्बी या दिव्य न होकर भी अपने संसर्ग से ककोल, नीम या कुटज जैसे कड़वे वृक्ष को चन्दन बना देता है।

जिसके अस्तित्व से दूसरे का कल्याण न होता हो, वह विशाल होते हुए भी क्षुद्र है। उसकी विशालता नाममात्र की है। संसार के लिए उसकी कोई उपयोगिता नहीं। यह सुयोजन फैला हुआ महासिन्धु यदि एक प्यासे की प्यास भी नहीं बुझाता, तो उसकी विशालता का क्या उपयोग? अक्षय धन-सम्पत्ति का स्वामी धन-कुबेर यदि किसी ग़रीब के दुख-दर्द में सहायक नहीं बनता, तो उसके धन का क्या उपयोग? जिस अतुल जल से किसी की प्यास न बुझे, वह अमृत भी हो तो उसका क्या लाभ?

अपने प्रकृतिदत्त सौभाग्य के बल पर महान या विशाल बनना आसान है, किन्तु अपने पुरुषार्थ और सतत अभ्यास से अपने अन्तर में सौरभ पैदा करना कठिन कार्य है। अन्तर्मन के सौरभ से ही मनुष्य अपने संसर्ग में आए प्रत्येक व्यक्ति को सौरभ प्रदान कर सकता है। सुमेरु और कैलाश पर्वत की पूजा दूर से ही की जाती है, किन्तु मलयाचल के चन्दन को घिसकर सब माथे पर लगाते हैं। मलय समीर सबको शीतलता प्रदान करता है। स्वभाव से परोपकारी व्यक्ति मलयाचल-समान होते हैं।

81

रत्नैर्महाब्धेस्तुतुषुर्न देवा न भेजिरे भीमविषेण भीतिम्।
सुधां विना न प्रययुर्विरामं न निश्चितार्थाद्विरमन्ति धीराः॥

महान पुरुष ही महान लक्ष्य बनाते हैं

समुद्र-मन्थन करते हुए देवता अनेक अनमोल रत्न पाकर भी सन्तुष्ट न हुए, मन्थन करते रहे। भयंकर विष पाने की सम्भावना से भी डर नहीं लगा उन्हें। जब तक अमृत हाथ न आया तब तक विश्राम न लिया। धीर परिश्रमी पुरुष लक्ष्य को पाए बिना अपना उद्योग नहीं छोड़ते।

जो व्यक्ति महान लक्ष्य की प्राप्ति के लिए उद्योग प्रारम्भ करता है, वह मार्ग के छोटे-मोटे लाभ के लालच में आकर न तो अपना लक्ष्य बदलता है और न महान लक्ष्य की प्राप्ति के उद्योग में शिथिलता आने देता है। महान पुरुष ही महान लक्ष्य बनाते हैं। और उसके लिए अनवरत उद्योग प्रारम्भ करते हैं। उनकी राह में प्रलोभन भी आते हैं, विघ्नों की बातें भी आती हैं। सामान्य व्यक्ति प्रलोभन में आकर छोटे-मोटे स्वार्थ की पूर्ति होने पर साधना के मार्ग का त्याग कर देते हैं। ऊंचे शिखर तक पहुंचने के लिए यात्रियों को कंटीली वन-वीथियां और गहरी घाटियों से गुज़रना पड़ता है। शिखर तक पहुंचने का संकल्प लेकर जो दिव्य-पुरुष चलते हैं, वे मार्ग के सब कष्टों को ख़ुशी से मोल लेकर अपनी यात्रा जारी रखते हैं।

मार्ग के कष्टों को परीक्षा मानकर वे बड़ी-से-बड़ी कठिनाई को लांघ जाते हैं। किसी भी कार्य-क्षेत्र के महत्त्वाकांक्षी व्यक्ति को सफलता के शिखर तक पहुंचाने के लिए अनथक उद्योग करना होगा और मार्ग के अल्प व्यय-साध्य अनेक लाभों का लोभ छोड़ना होगा। पुराणकाल में देव-पुरुषों ने सागर-मन्थन करते समय अमृत की प्राप्ति के लिए जैसा महान उद्योग किया था, आज भी जीवन-संघर्ष के लिए वैसा उद्योग दरकार है।

82

क्वचिद्भूमौ शय्या क्वचिदापि च पर्यङ्कशयनः,
क्वचिच्छाकाहारी, क्वचिदपि च शाल्योदनरुचिः।
क्वचित्कन्थाधारी, क्वचिदपि च दिव्याम्बरधरो
मनस्वी कार्यार्थी न गणयति दुःखं न च सुखम्॥

मनस्वी कार्यशील व्यक्ति सुख–दुख की चिन्ता से मुक्त

यशस्वी कर्मठ व्यक्ति अपने लक्ष्य-सिद्ध के मार्ग में सुख मिले या दुख, किसी की चिन्ता किए बिना आगे बढ़ते जाते हैं। कभी ज़मीन पर सो रहते हैं, कभी पलंग पर, कभी सागपात खाकर भूख शान्त कर लेते हैं, और कभी स्वादु दाल-भात का आनन्द लेते हैं।

कार्य-सिद्धि के लिए वे वस्त्रों द्वारा साज-शृंगार करने में धन और समय का अपव्यय नहीं करते। कभी फटी गुदड़ी पहनकर रह जाते हैं और कभी बहुमूल्य शाल-दुशाला ओढ़ लेते हैं। बाह्य उपकरण उनके लिए गौण होते हैं। वस्त्राभूषणों की चमक-दमक दिखाकर ऊपरी इज़्ज़त पाने की इच्छा से वे मुक्त हो जाते हैं।

बाह्य प्रसाधनों की सहायता से क्षणिक आदर पाना उनके लिए बहुत गौण हो जाता है। मानापमान की निरन्तर चिन्ता से उन्हें मुक्ति मिल जाती है। तभी वे आडम्बररहित जीवन बिताते हुए समाज की सेवा अधिक तत्परता से कर सकते हैं। उनके मन को कभी अपने सुख की चिन्ता नहीं सताती। पराये कष्टों को ही अपना कष्ट समझकर कष्ट-निवारण के लिए वे तन-मन से उद्यत रहते हैं। सभी स्वार्थमूलक प्रवृत्तियों का त्याग करके जो लोग केवल परमार्थ-साधन में जीवन लगा देते हैं, वही सच्चे मनस्वी और कर्मठ बनते हैं।

83

ऐश्वर्यस्य विभूषणं सुजनता, शौर्यस्य वाक्संयमो,
ज्ञानस्योपशमः, श्रुतस्य विनयो, वित्तस्य पात्रे व्ययः।
अक्रोधस्तपसः, क्षमा प्रभवितुर्धर्मस्य निर्व्याजता,
सर्वेषामपि सर्वकारणमिदं शीलं परं भूषणम् ॥

सर्वोत्तम भूषण 'शील'

ऐश्वर्य की शोभा सज्जनता से होती है। युद्ध-क्षेत्र में पराक्रम दिखाने की शोभा विनम्रता से है। शूरवीर की उपलब्धियां तभी तक शोभनीय हैं, जब तक वह अभिमान से दम्भी नहीं हो जाता। बहादुर आदमी गर्व से फूलकर संयम से बाहर हो जाए, तो उसका शौर्य भी अभिशाप बन जाता है। विनय के साथ ही शौर्य की शोभा है।

ज्ञान का मान तभी होता है, यदि वह शान्त रहे। ज्ञान के बाद भी जिसके चित्त में शान्ति नहीं, उसके ज्ञानी होने का क्या लाभ? अशान्त व्यक्ति कभी सुखी नहीं होता। शास्त्र के अध्ययन-मनन से यदि मनुष्य विनयशील न बने तो शास्त्राभ्यास निरर्थक हो जाता है। धन की शोभा ऐसे सुयोग्य व्यक्ति को दान देने में है, जो धन का व्यय कल्याणकारी और उपयोगी कार्यों में करें। जो धन अनुपयोगी कार्यों में व्यय होता है, वह व्यक्ति या समाज को चरित्रहीन बनाता है। तप की शोभा तभी तक है. जब तक तपस्वी में क्रोध का दुर्गुण पैदा न हो। तपस्वी प्रायः क्रोधी हो जाते हैं। जो तप शरीर को कष्ट देने तक ही सीमित रहता है, मन को संयत नहीं बनाता, वह मानसिक विक्षेप का कारण बन जाता है।

ऐश्वर्य की शोभा क्षमा से है। धन-दौलत की वृद्धि के साथ मनुष्य के चरित्र में कठोरता और अहम्मन्यता आ जाती है। धनी-मानी आदमी अपमान सहन नहीं कर सकता। विचार-भेद को भी वह अपमान मान लेता है। ऐसे

असहिष्णु, अनुदार व्यक्ति के धनिक होने से उसका आदर नहीं होता। उसे शोभनीय नहीं माना जाता।

धर्म की शोभा निश्छलता से है। धर्म के सब विधि-विधानों का अक्षरशः पालन करते हुए भी जो व्यक्ति छल-कपट से ऊपर नहीं उठता, उसके धार्मिक होने का कोई लाभ नहीं। जो धर्म मनुष्य को सच्चा, सरल, निश्छल नहीं बनाता वह धर्म नहीं कहलाता।

और ये सब गुण यदि मनुष्य-चरित्र में सज्जनता और शालीनता पैदा नहीं करते, तो इन सब गुणों की कोई व्यावहारिक उपयोगिता नहीं बनती।

84

निन्दन्तु नीतिनिपुणा यदि वा स्तुवन्तु,
लक्ष्मीः समाविशतु, गच्छतु वा यथेष्टम्।
अद्यैव वा मरणमस्तु, युगान्तरे वा,
न्याय्यात्पथः प्रविचलन्ति पदं न धीराः ॥

आदर्श पुरुष न्यायपथ से नहीं डिगते

समाज के नीति-निर्धारक लोग चाहे निन्दा करें या प्रशंसा, धन-दौलत चाहे आए या जाए, जीवन चाहे अभी समाप्त हो जाए या युगों तक रहे, धीर पुरुष न्यायनीति के मार्ग पर निरन्तर चलते जाते हैं।

सच्ची राह पर चलने वाला व्यक्ति समाज के आलोचकों या भ्रममूलक नियमों की उतनी परवाह नहीं करता, जितना अन्तरात्मा की। सामाजिक निन्दा या स्तुति प्रायः पक्षपातपूर्ण होती है। किन्हीं मजबूरियों में बंधकर ही कोई व्यक्ति अनचाहे भी ऐसा काम करने को मजबूर हो जाता है, जो न्यायसंगत नहीं होता। यह उचित नहीं। यश-अपयश की चिन्ता न करके भी मनुष्य को सत्य और न्याय के मार्ग पर चलना चाहिए।

सच्ची राह पर चलने वालों को धन का लोभ छोड़ना पड़ता है। आज के अर्थ-प्रधान युग में झूठ का बोलबाला है। व्यापार-व्यवसाय में कामयाब होने के लिए झूठ का सहारा लेना पड़ता है। यह समाज का दुर्भाग्य है। आदर्श समाज की व्यवस्था में यह विवशता नहीं होनी चाहिए। आदर्श जीवन बिताने वाले को इस व्यवस्था से दूर रहना होगा। आदर्श पुरुष वही है, जो मृत्यु का स्वागत कर ले, किन्तु सत्य और न्याय का मार्ग न छोड़े। संसार के सब पुण्यात्मा शहीद इसी मार्ग के अनुयायी थे। इन इने-गिने हुतात्माओं के बल पर ही संसार की व्यवस्था चल रही है। अन्यथा जगत के समस्त व्यवहारों में अराजकता आ जाए। कहीं कोई नियम या विधान का अस्तित्व ही न रहे।

85

भग्नाशस्य करण्डपिण्डिततनोर्म्लानेन्द्रियस्य क्षुधा
कृत्वाऽऽखुर्विवरं स्वयं निपतितो नक्तं मुखे भोगिनः।
तृप्तस्तत्पिशितेन सत्वरमसौ तेनैव यातः पथा,
लोकाः ! पश्यत दैवमेव हि नृणां वृद्धौ क्षये कारणम् ॥

भाग्य बड़ा बली है

मनुष्य की उन्नति अथवा अवनति, जीवन के क्षय और वृद्धि का मुख्य कारण मनुष्य का पुरुषार्थ अथवा कौशल नहीं बल्कि भाग्य है। भाग्य का निर्माण उसके पिछले जन्मों के कर्मयोग के फल ही से होता है। किन्तु इस जन्म में वह कुछ पाता है या खोता है, उसमें भाग्य का ही हाथ प्रमुख होता है। एक सर्प पिटारी में बन्द हुआ पड़ा था। वह शरीर से शिथिल और भूख से पीड़ित था। जीवन से वह पूरी तरह निराश हो चुका था, किन्तु उसी समय एक चूहा कुछ खाने की चीज़ को खोजता हुआ पिटारी में छेद करके घुसा। पिटारी-बन्द सांप को अचानक ही भोजन मिल गया। पेट भरने के बाद सांप की जान में जान आई और वह चूहे के किए हुए छेद की राह से बाहर निकल गया। उसे नया जीवन ही नहीं मिला, आज़ादी भी मिल गई। मनुष्यों के जीवन में इसी प्रकार के संयोग-वियोग होते रहते हैं। कुछ लोग जन्म से ही समृद्ध पैदा होते हैं। उनके भाग्य में समृद्धि लिखी होती है, किन्तु समृद्धि से ही सुख नहीं मिल जाता। धन-दौलत पाकर भी उनका जीवन दुखी रहता है। भाग्य से मनुष्य को जो कुछ मिलता है, उसमें ही सन्तुष्ट रहे, वही मनुष्य अपने प्रयत्न से जीवन को सुखी या दुखी बना सकता है। प्रारब्ध मनुष्य के जीवन के सार्थक या निरर्थक बनाने में प्रमुख अवश्य है, किन्तु सर्वेसर्वा नहीं है। अपने प्रारब्ध को बनाने का दायित्व भी मनुष्य का होता है। यह भी स्मरण रखना चाहिए कि प्रारब्ध या भाग्य केवल अगले जन्म के संयोगों का नाम नहीं है। मनुष्य अपने पुरुषार्थ से अपने भविष्य को समुन्नत अथवा अवनत भी बना सकता है। और इसका नाम भी प्रारब्ध-निर्माण है। मनुष्य इस जन्म में ही नहीं आने वाले प्रत्येक क्षण में अपने भाग्य को बनाता रहता है।

86

पतितोऽपि कराघातैरुत्पतत्येव कन्दुकः।
प्रायेण साधुवृत्तानामस्थायिन्यो विपत्तयः॥

साधु

साधुवृत्ति पर चलने वालों की विपदा जल्दी ही समाप्त हो जाती है। जैसे हाथ से नीचे गिराया हुआ गेंद उछलकर ऊपर उठता है, वैसे ही विपत्ति में गिरा हुआ आदमी यदि निश्चल और सरल स्वभाव का है, तो वह अवश्य ऊपर उठेगा। उसकी विपत्तियों का अन्त शीघ्र ही होगा। इस प्रतिक्षण बदलते संसार में सुख और दुख गतिशील गाड़ी के पहियों की तरह ऊपर-नीचे चक्कर काटते रहते हैं। परिस्थितियां बदलती रहती हैं। मनुष्य का भाग्य भी बदलता रहता है। दिन के बाद रात भी आती है और रात के बाद दिन का उजाला अवश्य होता है। प्रायः प्रत्येक मनुष्य के जीवन में भी इसी प्रकार आशा और निराशा के क्षण आते रहते हैं। इस सच्चाई को भूलकर कुछ लोग विपत्ति आने पर इतने अधीर हो जाते हैं कि वह ऊंचा उठने के लिए छल-कपट का रास्ता अपना लेते हैं। मान-मर्यादा भूलकर वे कुटिल-मार्ग से समृद्ध बनने की कोशिश करते हैं। कुछ हद तक उन्हें कामयाबी मिल भी जाती है, लेकिन बाद में वे अपने छल-कपट का स्वयं शिकार होते जाते हैं। कोई भी ठग इतना बड़ा ठग नहीं बन सकता कि जो सारी दुनिया को सदा ठगता रहे। कुटिल रास्तों पर भटकने वाला ऐसा अवसरवादी व्यक्ति ऐसी गहरी खाई में गिर जाता है, जहां से उठना असम्भव होता है, किन्तु साधु-स्वभाव का व्यक्ति विपत्ति-काल में भी धैर्य नहीं छोड़ता और धैर्यपूर्वक पुरुषार्थ करते हुए सत्य और न्याय के रास्ते पर चलता जाता है। सभी प्रकार की विपत्तियों को क्षणिक मानकर वह अपने हृदय के आशादीप को बुझने नहीं देता। ऐसे साधुवृत्ति के मनुष्य में सभी मानवोचित गुण – सत्य, न्याय, दया, प्रेम, करुणा विद्यमान रहते हैं। ऐसे धीर-पुरुष ही उन्नति के ऊंचे शिखर पर पहुंचते हैं। उनकी विपत्ति ही सम्पन्नता का कारण बन जाती है।

87

आलस्यं हि मनुष्याणां शरीरस्थो महान् रिपुः।
नास्त्युद्यमसमो बन्धुर्यं कृत्वा नावसीदति॥

आलस्य सबसे बड़ा शत्रु, उद्यम सर्वश्रेष्ठ मित्र

आलस्य मनुष्य के शरीर में रहने वाला ऐसा शत्रु है, जिसके समान और कोई शत्रु नहीं एवं उद्योग ऐसा मित्र है, जिसके समान और कोई मित्र नहीं। पुरुषार्थ करने वाला मनुष्य कभी नष्ट नहीं होता। आलस्य के कारण ही मनुष्य रोगी होता है। प्रायः प्रत्येक रोग का प्रारम्भ आलस्य से ही होता है। स्वास्थ्य के सब नियमों को जानते हुए भी मनुष्य आलस्यवश उनका पालन नहीं करता। समय पर जागरण और व्यायाम करने वाला व्यक्ति रोगी नहीं हो सकता। उचित व्यायाम ही शरीर को स्वस्थ बनाता है, किन्तु आलसी व्यक्ति व्यायाम का शत्रु होता है और आलस्य उस समय का शत्रु बन जाता है। अत्यन्त धनी व्यक्ति विलासिता में डूबकर शारीरिक व्यायाम नहीं करते। इसीलिए धन से समृद्ध व्यक्तियों को ही बीमारी अधिक घेरती है। दरिद्रता भी आलस्य को जन्म देती है। दरिद्र व्यक्ति निराशा में इतना डूब जाता है कि प्रत्येक सुख के लिए जो उत्साह चाहिए, वह उससे वंचित हो जाता है। उत्साहहीन व्यक्ति के शरीर और मन कभी स्वस्थ नहीं रह सकते। मन की स्वस्थता के लिए भी शारीरिक और मानसिक आलस्य का त्याग करना पड़ेगा। मानसिक आलस्य शारीरिक आलस्य से भी अधिक भयंकर है। मन को स्वस्थ और क्रियाशील रखने के लिए कर्मयोग के इस तत्त्व को आत्मसात करना होता है कि फल की चिन्ता किए बिना कर्म करते रहना ही मनुष्य का धर्म है। फल की चिन्ता से ही मनुष्य निष्क्रिय हो जाता है। अतः गीता का यह आदर्श सदैव स्मरण रखना चाहिए कि फल देना ईश्वर के अधीन है। कर्म करना मनुष्य के अधीन है। न्यायकारी प्रभु ठीक दिशा में किए हुए पुरुषार्थ का फल अवश्य देते हैं। आलस्य न करने वाला विवेकशील पुरुष निश्चय ही जीवन-संघर्ष में विजयी होता है।

४४

छिन्नोऽपि रोहिति तरुः, क्षीणोऽप्युपचीयते पुंनश्चन्द्रः।
इति विमृशन्तः सन्तः सन्तप्यन्ते न विप्लुता लोके॥

विपत्ति भी वरदान

कटा हुआ वृक्ष पुनः पल्लवित होकर विशालकाय बन जाता है। क्षीण होता हुआ चन्द्रमा भी धीरे-धीरे पूर्णिमा का चांद बनकर चमकता है। मृत्यु पर जीवन की विजय सुनिश्चित है। इस सत्य को समझकर सन्त पुरुष संसार में महान-से-महान विपत्ति आने पर भी व्याकुल नहीं होते। प्रत्येक अन्धकारमयी रात्रि के बाद सूरज का उजाला अवश्य आता है और हर पतझड़ के बाद वसन्त की बहार में फूल अवश्य खिलते हैं। सृष्टि के इस नियम को समझने वाले मनुष्य कभी भी विपत्तियों से निराश नहीं होते। प्रायः विपत्तियां ही आने वाली सम्पत्ति के बीज बो जाती हैं। नदी का जल-प्रवाह बरसात में कुछ समय के लिए गांव को निर्जन बनाता है, किन्तु वही प्रवाह खेतों को उपजाऊ बना देता है। ज्वालामुखी पर्वत के फटने से कई गांव पृथ्वी में समा जाते हैं, किन्तु ज्वालामुखी की आग ही देशों को धन-दौलत से निहाल कर देती है। उस भूमि में अनमोल खनिज पदार्थ समा जाते हैं। विधाता के हर काम में कल्याण का बीज होता है। मनुष्य अल्प-बुद्धि होने के कारण उसके रहस्य को समझ नहीं पाता। इसीलिए विपत्ति के समय भाग्य को दोष देता है। उचित यह है कि विपत्ति का लाभ उठाकर मनुष्य उन्नति का नया मार्ग बनाए। प्रत्येक विपत्ति नया प्रकाश देने के लिए ही आती है। मनुष्य को चाहिए कि वह विपत्ति को भी वरदान समझे। एक प्रसिद्ध विद्वान की इस उक्ति में बड़ा सार है कि समृद्धि में इसीलिए सुखी रहो कि तुम्हारी समृद्धि से दूसरों का उपकार होता है और दरिद्रता में इसीलिए सुखी रहो कि तुम पर हज़ारों तरह की चिन्ताओं का भार नहीं है। अगर तुम यशस्वी हो तो यश में प्रसन्नता पाओ और यदि अप्रसिद्ध हो तो इसलिए सुख मानो कि तुम लोगों के ईर्ष्या-द्वेष से बचे रहोगे।

89

नेता यस्य बृहस्पतिः, प्रहरणं वज्रं, सुराः सैनिकाः
स्वर्गो दुर्गमनुग्रहः किल हरेरैरावतो वारणः।
इत्यैश्वर्यबलान्वितोऽपि बलभिद् भग्नः परैः सङ्गरे
तद्युक्तं ननु दैवमेव शरणं, धिग्धिग्वृथा पौरुषम् ॥

ईश्वरीय विधान को स्वीकार करो

अनुपम ऐश्वर्यशाली देवराज इन्द्र को असुरों से अनेक बार पराजित होना पड़ा। इन्द्र देवताओं का राजा था। उसका मन्त्री बृहस्पति बुद्धिमानों में सर्वश्रेष्ठ माना जाता था। इन्द्र का शस्त्र वज्र शस्त्रास्त्रों में सर्वाधिक शक्तिशाली था। देवताओं की दिव्य-सेना इन्द्र की सेवा में सदैव सन्नद्ध रहती थी। ऐरावत जैसा अद्वितीय वाहन इन्द्र के अधिकार में था। भगवान विष्णु स्वयं इन्द्र के समर्थक थे। उनका वरद हस्त देवराज के सिर पर था। इतने दिव्य साधनों और वरदानों के होते हुए भी इन्द्र को बार-बार पराजय का कलंक सहना पड़ा।

देवासुर संग्राम के जय-पराजय की कथा भले ही कल्पनात्मक हो, किन्तु उसका यह अभिप्राय अनुभवसिद्ध है कि अत्यन्त सामर्थ्यवान मनुष्य को भी ईश्वरीय विधान के सामने माथा झुकाना पड़ता है और वह स्वीकार करने को विवश होता है। उसके अधीन केवल पुरुषार्थ करना है। अभीष्ट फल का पाना उसके अधीन नहीं है। वह विधाता के हाथ है। विधाता के रहस्यमय निर्णय को ही हम भाग्य कह देते हैं। भाग्य को स्वीकार करना ही ईश्वरीय विधान के आगे समर्पित होना है। अपने कर्मानुसार तत्काल इच्छित मनोरथ की पूर्ति पाने की व्याकुलता आस्तिकता के विरुद्ध है। ईश्वर-विश्वासी मनुष्य यही मानेगा कि दैवीय विधान की तुलना में उसके पुरुषार्थ का कोई मूल्य नहीं।

90

कर्मायत्तं फलं पुंसां, बुद्धिः कर्मानुसारिणी।
तथापि सुधिया भाव्यं सुविचार्यैव कुर्वता॥

बुद्धि का गर्व उचित नहीं

यह सच है कि कर्मानुसार ही फल मिलता है, किन्तु कर्म करने में मनुष्य पूर्णतः स्वतन्त्र नहीं होता। कर्माकर्म का निश्चय करने वाली बुद्धि भी सर्वथा स्वतन्त्र होने का गर्व नहीं कर सकती। ईश्वर को जैसा फल देना होता है; वह उनके अनुकूल ही बुद्धि को बना देता है।

दुखदायी फल देने से पहले मनुष्य की बुद्धि स्वयं विवेकहीन हो जाती है। विवेक-भ्रष्ट व्यक्ति स्वयं ऐसे कार्य में प्रवृत्त हो जाता है कि उससे कुकर्म के सिवाय कुछ करते नहीं बनता।

किन्तु इसका यह अभिप्राय नहीं कि मनुष्य कर्म में या विचार में तनिक भी स्वतन्त्र नहीं और वह पूर्वनिर्धारित भाग्य का गुलाम ही है। सत्य यह है कि मनुष्य प्रतिक्षण विचार करता है, कर्म करता है और प्रतिक्षण अपना भाग्य बनाने का अवसर प्राप्त करता है। ईश्वर ने विचार-शक्ति इसीलिए दी हुई है कि वह ज्ञान, साधना और अभ्यास से ऐसा आत्म-बल प्राप्त कर सकता है कि दयालु विधाता उसका भाग्य-निर्णय करते हुए पुरस्कारस्वरूप साधक मनुष्य को श्रेष्ठ फल देने का अधिकारी बना दे।

अतः उन्नतिशील मनुष्य का कर्तव्य है कि वह अपने पुरुषार्थ के बल पर विधाता से भाग्य-परिवर्तन की याचना करे। करुणानिधान भगवान सच्ची भावना और सच्चे श्रम का पुरस्कार अवश्य देते हैं।

91

खल्वाटो दिवसेश्वरस्य किरणैः सन्तापितो मस्तके,
वाञ्छन्देशमनातपं विधिवशात्तालस्य मूलं गतः।
तत्राप्यस्य महाफलेन पतता भग्नं सशब्दं शिरः,
प्रायो गच्छति यत्र भाग्यरहितस्तत्रैव यान्त्यापदः॥

भाग्य को बदलो, बचकर भागो नहीं

प्रायः भाग्यहीन व्यक्ति जहां जाता है, विपत्ति भी उसका पीछा करती है और वहीं पहुंच जाती है। अपने कर्मफल से कोई बच नहीं सकता। जो काम किए हैं, उनका फल भोगना ही पड़ेगा। जगह बदलकर या नाम बदलकर भी कोई अपने भाग्य को धोखा नहीं दे सकता। कर्म-फल देने वाले विधाता के नियम अटल हैं। विश्वनियन्ता की आंख से बचकर कोई कहां छुपेगा?

एक गंजा आदमी था। कड़ी धूप में जब उसका सिर तपने लगा, तो उसने किसी वृक्ष की छाया में जाकर विश्राम करने का विचार किया। उसके सौभाग्य से पास ही एक ताड़ का वृक्ष था। अपने भाग्य को सराहता हुआ वह वृक्ष की छाया में स्थान ढूंढ़कर बैठ गया। इच्छा करते ही फल-प्राप्ति होने पर उसने अपने को बड़ा भाग्यशाली समझा। किन्तु अगले दो क्षण में ही उसका वह सुख-स्वप्न टूट गया। वृक्ष की ऊंची डाल पर लगा हुआ एक ताड़ फल ऊपर से गिरकर सिर को लगा। इस आघात से उस दुर्भाग्यग्रस्त व्यक्ति की खोपड़ी फट गई। वृक्ष की छाया में वह धूप से बचकर विश्राम करने गया था, मगर दुर्भाग्य ने वहां भी उसका पीछा किया। मनुष्य जहां जाता है, मनुष्य का भाग्य भी उसके साथ जाता है।

92

शशिदिवाकरयोर्ग्रहपीडनं, गजभुजङ्गमयोरपि बन्धनम्।
मतिमताश्च विलोक्य दरिद्रतां विधिरहो! बलवानिति मे मतिः॥

विधाता का विधान अटल

विधाता का विधान ही सबसे अधिक बलवान है। उसके आगे सबको झुकना होगा। वह जो कुछ भाग्य में लिख देता है, उसे कोई मिटा नहीं सकता। उसके न्याय से कोई बच नहीं सकता। दुनिया में बड़े-बड़े अभिमानी हैं। ऐसी प्रचंड प्राकृतिक शक्तियां हैं, जिनका लोहा सबको मानना पड़ता है। सूर्य से अधिक तेजस्वी और शक्तिशाली कौन है? अकेले ही समस्त ब्रह्मांड में उजाला करने वाले से बड़ा तेजस्वी और कौन हो सकता है? किन्तु वह भी किसी अन्य महाशक्ति के अधीन है। उसे भी निर्धारित नियमों का पाबन्द होकर चलना पड़ता है। वह भी समय आने पर राहु का ग्रास बन जाता है। राहु नक्षत्र की राशि में आकर उसकी तेजस्विता भी नष्ट हो जाती है।

चांद की शीतलता बड़ी मोहक है। सारी दुनिया उसे प्रेम करती है। पृथ्वी से लाखों मील दूर रहते हुए भी वह सारी पृथ्वी को अपनी शीतल किरणों से आनन्दित करता है, किन्तु वह भी राहु का ग्रास बन जाता है। जंगल के सबसे भारी-भरकम पशु हाथी से बलवान कोई नहीं और विषधर सांप से अधिक ज़हरीला जीव दूसरा नहीं। किन्तु भाग्यवश उन्हें भी दूसरे बन्धन में बांध लिया जाता है। प्रखर प्रतिभावान मनुष्य भी अपने बुद्धिबल से सम्पन्न नहीं बन पाते, यदि भाग्य विपरीत हो। प्रतिभाशाली विद्वानों को प्रायः दरिद्रता से पीड़ित देखा जाता है।

अतः किसी को अपनी बुद्धि का या अपने शरीर के बल का अभिमान करना उचित नहीं। सब एक महान शक्ति के अधीन हैं, विधाता के अटल विधान का कोई उल्लंघन नहीं कर सकता।

93

सृजति तावदशेषगुणाकरं पुरुषरत्नमलङ्करणं भुवः।
तदपि तत्क्षणभङ्गि करोति चेदहह! कष्टमपण्डितता विधेः॥

ईश्वर की लीला रहस्यमयी

विधाता की लीला का रहस्य कोई नहीं समझ पाता। अपनी नासमझी से हम उसे ही मूर्ख कह दें, तो कोई आश्चर्य नहीं। प्रभु-निर्मित सृष्टि का सर्वश्रेष्ठ भूषण मनुष्य है। मनुष्य सब गुणों की खान है। अपने बुद्धि-बल से मनुष्य ने अपने जीवन को कल्पनातीत समृद्ध बना लिया है। उसने प्राकृतिक शक्तियों का उपयोग करके पृथ्वी को स्वर्ग से अधिक सुन्दर बनाया है। पृथ्वी की उर्वरा शक्ति के उपयोग से नाना प्रकार के फल-फूल पैदा किए हैं। उसका दावा है कि विधाता ने उसे जो कुछ जिस रूप में दिया था, उसके रूप-शृंगार में उसने हज़ारों गुना अधिक वृद्धि की है।

लेकिन उसके जीवन का एक क्षण ऐसा आता है, जब उसकी प्रतिभा कुंठित हो जाती है। उसकी सब इन्द्रियों और मस्तिष्क की तेजस्विता नष्ट हो जाती है और एक दिन मृत्यु के दूत उसे बुलाने आ जाते हैं। लाख कोशिशें करने पर भी वह अपनी सुन्दर देह की नश्वरता पर विजय नहीं पा सकता। तब उसे अपना शरीर एक क्षणभंगुर खिलौने से अधिक महत्त्व का नहीं लगता।

मरणासन्न व्यक्ति यदि आस्थावान है, तो वह अन्तिम समय में स्वयं को पूर्णतः प्रभु-समर्पित कर देता है। किन्तु यदि वह सदैव अविश्वासी रहा है, तो वह प्रभु को मूर्ख कहने लगता है, जिसने उसकी इतनी सुन्दर देह को नश्वर बना दिया।

94

पत्रं नैव यदा करीरविटपे दोषो वसन्तस्य किं,
नोलूकोऽप्यवलोकते यदि दिवा, सूर्यस्य किं दूषणम्।
धारा नैव पतन्ति चातकमुखे, मेघस्य किं दूषणं,
यत्पूर्वं विधिना ललाटलिखितं तन्मार्जितुं कः क्षमः॥

ललाट पर लिखे को कौन मिटाए?

विधाता ने ललाट पर जो लिख दिया है, उसे कौन मिटा सकता है? जो होना होता है, जिस रूप में और जिस समय होना होता है, होकर रहता है। हम व्यर्थ ही कभी मौसम को, कभी अपने साथियों को और कभी स्वयं को दोष देकर मन का बोझ हल्का करने की कोशिश करते हैं। लेकिन दोष किसी का नहीं होता है, क्योंकि भाग्य भी अपने ही पूर्वकृत कर्मों का फल है।

वसन्त में सब पौधे रंग-बिरंगे सुन्दर फूलों से भर जाते हैं, लेकिन करीर के पौधे पर न पत्ते लगते हैं, न फूल बनते हैं। इस अनिवार्य दुर्भाग्य का कारण वसन्त का मौसम नहीं, बल्कि दुर्भाग्य है। ईश्वर के विधान का दूसरा नाम भाग्य है। करीर का पौधा पत्र-पुष्प हीन रहेगा, यही विधाता का अटल नियम है। सूर्य सबको आंखों से देखने योग्य शक्ति देता है, किन्तु उल्लू को सूर्य के प्रकाश में कुछ दिखाई नहीं देता। यह उल्लू का अपना दुर्भाग्य है। इसमें सूर्य का कोई दोष नहीं। प्यासा चातक आकाश में छाई मेघमाला से जल की मांग करता है, किन्तु यदि दैववश चातक के मुख में एक भी बूंद न पड़े, तो मेघ का दोष नहीं। विधाता की इच्छा हो तो चातक के मुख में बरसात की बूंदों का प्रवेश हो सकता है।

अतः जब भी हमें हमारा मनोवांछित फल न मिले, तब उसे ही ईश्वर-इच्छा मानकर सन्तोष करना चाहिए। किसी अन्य पर दोष मढ़ने का स्वभाव अच्छा नहीं।

95

नमस्यामो देवान्ननु हतविधेस्तेऽपि वशगा,
विधिर्वन्द्यः, सोऽपि प्रतिनियतकर्मैकफलदः ।
फलं कर्मायत्तं किममरगणैः किञ्च विधिना,
नमस्तत्कर्मभ्यो विधिरपि न येभ्यः प्रभवति ॥

कर्म ही सबसे ऊंचा

सच तो यह है कि कर्म ही सबसे ऊंचा है। कर्म से ही भाग्य बनता है। न्यायकारी प्रभु सबको उनके कर्मानुसार ही फल देते हैं। विधाता भी कर्मफल को नहीं बदल सकता। ऐसे कर्म पर ही विश्वास रखो, उसके आगे ही माथा झुकाओ।

सामान्यतया हम देवताओं की, दिव्य-शक्ति-सम्पन्न दैवी-शक्तियों की वन्दना करते हैं। किन्तु पृथ्वी, जल, तेज, वायु आदि सब भौतिक शक्तियां स्वयं अचेतन हैं और एक चैतन्य महाशक्ति के अधीन हैं। यह जानकर हम उस महाशक्ति के आगे नतमस्तक होते हैं। उस महाशक्ति सच्चिदानन्द प्रभु ने भी स्वयं को कुछ नियमों की सीमा में बांधा हुआ है। अचल प्राकृतिक नियमों के दायरे में ही ईश्वर अपने स्वत्व-अधिकार का प्रदर्शन करता है। अतः ईश्वर भी सर्वतन्त्र स्वतन्त्र रहते हुए सृष्टि का नियन्त्रण नहीं करता, बल्कि वह भी स्वयं-निर्धारित सीमा-रेखा को पार करने पर बंधा हुआ है। वह भी नियमानुकूल योग्य कर्म के अनुरूप ही फल देता है। अतः प्रभु भी कर्म-प्रभाव में है। कर्मानुसार फल देने में बंधा हुआ है। इसीलिए हम कर्मफल की अपेक्षा कर्म को ही महानता देते हैं। कर्म सर्वोपरि है। कर्म का माहात्म्य मानकर जो जीवन-भर केवल कर्म करते हैं, वे विपन्न नहीं होते।

96

ब्रह्मा येन कुलालवन्नियमितो ब्रह्माण्डभाण्डोदरे,
विष्णुर्येन दशावतारगहने क्षिप्तो महासङ्कटे।
रुद्रो येन कपालपाणिपुटके भिक्षाटनं कारितः,
सूर्यो भ्राम्यति नित्यमेव गगने, तस्मै नमः कर्मणे॥

कर्म ही प्रधान है

कर्म की बड़ी महिमा है। भगवान भी कर्मशील है। अपनी कर्मठता के कारण ही ब्रह्मा इस विशाल ब्रह्मांड का निरन्तर निर्माण करता है। जगत-नियन्ता और निर्माता का कोई भी क्षण ऐसा नहीं होता, जो कर्महीन हो। विश्व के संकट का निवारण करने के लिए भगवान विष्णु दस अवतार ले चुके हैं। कभी वह राम के रूप में अवतरित हुए, और कभी कृष्ण के रूप में, किन्तु अभी तक संकट निवारण नहीं हुआ। प्रतिदिन जगत में नया संकट पैदा होता है और उसे दूर करने के लिए भगवान को यत्नशील होना पड़ता है। घोर नास्तिक को नष्ट करने के लिए नृसिंह अवतार लेना पड़ा, कंस और रावण के नाश के लिए कृष्ण और राम के रूप में प्रकट होना पड़ा।

महारुद्र के रूप में आकर भगवान को कपाल लेकर भिक्षा मांगनी पड़ती है। भगवान की दिव्य-शक्तियां भी सदैव कर्मरत रहती हैं। जगत को उजाला देने वाला सूर्य प्रतिक्षण परिक्रमा करता रहता है। जीवमात्र की मां धरती को सूर्य की परिक्रमा करनी पड़ती है और आकाश के कोटि-कोटि तारे सदैव अनन्त वेग से चक्कर काटते रहते हैं। अनन्त बनी वायु कभी विश्राम नहीं लेती। नदियां ऊंचे शिखर से उतरकर नीचे की ओर बहती रहती हैं। समुद्र का जल भी ज्वार-भाटा बनकर गतिशील रहता है। कालचक्र कभी थमता नहीं है। जीवन और मृत्यु, दिन और रात, सुबह और शाम, एक के पीछे एक, निरन्तर चलते रहते हैं। ऐसे कर्मतर संसार और कर्म को हमारा नमस्कार!

97

नैवाऽऽकृतिः फलति नैव कुलं न शीलं,
विद्यापि नैव, न च यत्नकृताऽपि सेवा।
भाग्यानि पूर्वतपसा खलु सञ्चितानि
काले फलन्ति पुरुषस्य, यथैव वृक्षाः॥

पूर्वकृत कर्म ही फल देता है

कर्म ही मनुष्य का भाग्य बनाता है। कर्म से ही उसका उत्कर्ष होता है। अन्य कोई गुण इतना फलप्रद नहीं होता जितना कर्म। सुन्दर आकृति के मनुष्य को कोई लाभ नहीं मिलता, यदि वह कर्मशील न हो और आलसी हो। मनुष्य की शोभा उसके रूपवान होने में नहीं, अपितु पुरुषार्थी होने में है। पुरुषार्थ ही मनुष्य का श्रृंगार है। उत्तम कुल में जन्म होने से भी मनुष्य का अभ्युदय नहीं होता, जब तक कि वह कर्मशील न हो। जन्मजात अन्य गुण भी फलित नहीं होते, यदि निरन्तर साधना और अभ्यास से गुणों का विकास न किया जाए। शालीनता या विद्वत्ता भी कर्मण्यता के बिना कोई फल नहीं देती।

जगत में ऐसे लाखों समृद्ध पुरुष हैं जो रूपवान नहीं हैं, कुलीन नहीं हैं, शीलवान और विद्वान भी नहीं हैं, किन्तु अपने उद्योग से धन-कुबेर बन गए हैं। मेहनत मनुष्य की दूसरी निर्बलताओं को ढक लेती है। अच्छे कर्मों का फल प्रायः तुरन्त मिल जाता है, किन्तु कभी-कभी कर्मफल मिलने में देर भी लगती है। और इस जन्म में किया हुआ शुभकर्म जन्मान्तर में फलित होता है। पूर्व-संचित पुण्य-बल से मनुष्य की आत्मा एक देह-त्याग के बाद दूसरे जन्म में ईश-कृपा से इतने अच्छे घराने में जन्म लेती है कि उसे ऊंचा उठने में देर नहीं लगती। ऐसे पुण्यात्मा को उत्कर्ष के सभी अवसर सहज प्राप्त हो जाते हैं। भाग्य भी कर्म से बनता है। पूर्वसंचित कर्म के न्यायानुकूल परिणाम को भाग्य कहते हैं, अतः मनुष्य को सदैव कर्मशील रहना उचित है।

98

वने रणे शत्रुजलाग्निमध्ये, महार्णवे पर्वतमस्तके वा।
सुप्तं प्रमत्तं विषमस्थितं वा, रक्षन्ति पुण्यानि पुराकृतानि ॥

पूर्वजन्म के शुभकर्मों से सौभाग्य–निर्माण

पूर्वजन्म के पुण्यों से मनुष्य का भाग्य बनता है, जो उसे इस जीवन में अनेक कष्टों से बचाता है। मनुष्य चाहे गहन वन में हो या भीषण युद्ध-क्षेत्र में हो, चाहे शत्रुओं से घिरा हो अथवा अग्नि-ज्वालाओं के बीच खड़ा हो – कितनी भी विपत्तियों में हो, कोई उसका बाल भी बांका न कर सकेगा, जब तक कि उसके पूर्वजन्म में संचित पुण्यों का बल उसकी रक्षा करता है। जीवन में अनेक आपत्तियां आती हैं। यदि उसके पूर्वजन्म के कर्म शत्रु हैं, तो वह बड़ी से बड़ी विपदा से मुक्ति पा लेगा। साधारणतः ऐसी अवस्था में उसे यह भी पता नहीं लगेगा कि भीषणतम संकटों से उसे कैसे छुटकारा मिल गया। जब उसे मृत्यु बिल्कुल ही निकट दिखलाई देगी, तब भी उसे अचानक जीवनदान मिल जाएगा। सामान्य मनुष्य इसे ईश्वर की लीला कहते हैं। किन्तु होता यह सब मनुष्य के अपने कर्म-फल से ही है।

अगाध समुद्र में तूफान आते हैं, भीमकाय जहाज़ चरमराकर टूट जाते हैं। यात्री कई दिन तक केवल एक बहते तृण के सहारे प्राण-रक्षा करता है। मृत्यु की सम्भावना प्रतिक्षण रहती है, किन्तु अचानक ही उधर से गुज़रता हुआ कोई जहाज़ उसे बचा लेता है। इसी प्रकार पर्वत के शिखर से गिरते हुए मनुष्य के पैर किसी झाड़ी में अटक जाते हैं। किन्तु कोई भी लीला अकारण नहीं होती। ईश्वर न्यायकारी है। वह मनमाने मन से न तो दंड देता है और न अकारण दयालु होता है। सहज भाव से होने वाले ये कार्य मनुष्य के पूर्वजन्मों के शुभकर्मों का फल ही होते हैं। जीवन से अधिक कुछ भी महत्त्वपूर्ण नहीं।

99

या साधूंश्च खलान्करोति विदुषो मूर्खान्हितान्द्वेषिणः,
प्रत्यक्षं कुरुते परोक्षममृतं हालाहलं तत्क्षणात्।
तामाराधय सत्क्रियां भगवतीं भोक्तुं फलं वाञ्छितं,
हे साधो ! व्यसनैर्गुणेषु विपुलेष्वास्थां वृथा मा कृथाः ॥

चरित्रवान बनो, केवल विचारवान ही नहीं

श्रेष्ठ क़र्म ही मनुष्य को सफल बनाते हैं, कर्मों से ही दुर्जन सज्जन बनता है। केवल विचारों ही से मनुष्य का चरित्र अच्छा नहीं हो जाता। विचारों के अनुरूप कर्म भी होने चाहिए।

सत्कर्मों से अशिक्षित व्यक्ति भी विद्वान के समान विवेकपूर्ण कार्य करता है। किताबी ज्ञान होने-मात्र से कोई विवेकशील नहीं बन सकता। विद्वत्ता के साथ सच्चा व्यवहार भी आवश्यक है। अन्यथा विद्वत्ता का प्रभाव विपरीत भी हो जाता है। दुश्चरित्र व्यक्ति का ऊंचा ज्ञान समाज के लिए विनाशकारी ही हो सकता है।

शुभ कर्म ही शत्रु को मित्र बना देते हैं। प्रायः स्वार्थवश ही मनुष्य के हृदय में द्वेष की भावना जागती है। स्वार्थ न रहे तो हर आदमी दूसरे आदमी का मित्र रह सकता है। जब मनुष्य अपनी अपेक्षा दूसरे का कल्याण करने का संकल्प करेगा, तो दूसरे के हृदय में भी मित्रता और स्नेह का भाव जागेगा ही। इतना नीच शायद कोई नहीं होता कि वह उपकार करने वाले का अपकार करे। जो व्यक्ति यह चाहता है कि दूसरे लोग उसके साथ भलाई करें, उसका यह कर्तव्य हो जाता है कि वह पहले दूसरों के साथ भलाई करे। दूसरे की भलाई करना ही सबसे बड़ा सत्कर्म है।

सद्-व्यवहार और सदाचार से हलाहल विष के समान ज़हरीले आदमी भी अमृत सदृश मधुर हो जाते हैं। सरल व्यवहार रखने से दूसरे के मन की

कुटिलता नष्ट हो जाती है। और उसे भी दूसरों से निश्चल, निष्कपट व्यवहार मिलता है।

निर्मल चरित्र वाला व्यक्ति अपने स्नेह से संसार को वश में कर लेता है। वह अजातशत्रु हो जाता है। यह मार्ग इतना सरल और सीधा है कि कोई भी व्यक्ति इस पर निष्कंटक चल सकता है। जो लोग जीवन की सफलता के लिए अनेक प्रकार से गुणवान होने की साधना करते हैं, उनकी शक्ति भिन्न-भिन्न सद्‌गुणों को पाने में बिखर जाती है। सद्‌गुणों की संख्या इतनी विशाल है और उनको पाने की तपस्या इतनी विकट है कि मनुष्य बहुत प्रयत्न करने पर भी दो-चार गुणों का ही धनी बन सकता है। अतः उचित यही है कि छोटे-से जीवन में मनुष्य सद्‌कर्म करने के गुरुमन्त्र को समझ ले और इसी एक मार्ग से अपने मनोवांछित लक्ष्य को प्राप्त करे।

100

गुणंवदगुणवद्वा कुर्वता कार्यजातं परिणतिरवधार्या यत्नतः पण्डितेन।
अतिरभसकृतानां कर्मणामाविपत्तेर्भवति हृदयदाही शल्यतुल्यो विपाकः॥

अनुचित शीघ्रता अविवेकपूर्ण

विवेकशील व्यक्ति को किसी भी कार्य के आरम्भ करने में अनुचित शीघ्रता नहीं करनी चाहिए। किसी भी कार्य में संलग्न होने के पूर्व काम के गुण-दोष और उसके परिणाम पर अच्छी तरह विचार कर लेना चाहिए।

बहुत-से काम ऐसे होते हैं, जो ऊपर से अत्यन्त लाभदायक और सुखद प्रतीत होते हैं, किन्तु गहराई से सोचने पर यह स्पष्ट हो जाता है कि वे काम जितने सरल और सुखद प्रतीत होते थे, उतने ही कठिन और दुखद थे। प्रायः ऊपर से लाभप्रद दिखने वाले काम वास्तव में हानिप्रद होते हैं।

जिन कामों में कम परिश्रम करके अधिक लाभ की आशा होती है, वे सब इसी प्रकार के कार्य हैं। किसी भी कार्य-क्षेत्र में उतरने वाले नवयुवक अत्यन्त शीघ्र धन-प्राप्ति के प्रलोभन में ऐसे काम प्रायः कर बैठते हैं, जिनका परिणाम हानि के अतिरिक्त कुछ नहीं होता। उत्साहशील युवक प्रायः ऐसी भूलें करते हैं। उन्हें चाहिए कि वे अपने से अधिक अनुभवी और व्यावहारिक वृद्ध-जनों के मार्ग-प्रदर्शन में ही आगे क़दम बढ़ाएं।

जल्दबाज़ी में किए हुए काम का फल सदैव विनाशकारी होता है। जीवन की लम्बी यात्रा में ऐसी भूलों का प्रायश्चित्त उम्र-भर करना पड़ता है। कई बार छोटी-सी भूल के लिए सारी उम्र पछताना पड़ता है। जवानी में मनुष्य चंचल और अधीर होता है। वह अन्धे उत्साह में या मूर्खतावश ऐसे काम कर जाता है, जो उम्र-भर उसे कांटे की तरह खटकते रहते हैं। अच्छे या बुरे दोनों में कोई भी बड़ा क़दम उठाते हुए धैर्यपूर्वक काम के गुण-दोष का विवेचन

कर लेना चाहिए और परिणाम में बुरे दिखने वाले कामों का त्याग कर देना चाहिए।

ज़िन्दगी जुआ नहीं है। हर क़दम पर ठोकरों से बचते हुए आगे बढ़ना पड़ता है। परिस्थितियां भी बदलती रहती हैं। आज जिस काम में अनुकूलता दिखाई देती है, कल वही प्रतिकूल हो जाता है। जैसे प्रतिदिन अन्धकार और उजाले के समय बदलते हैं, मौसम बदलते हैं, वैसे ही मनुष्य के मन की अवस्था भी बदलती रहती है। इस प्रतिक्षण बदलते समय में मनुष्य को प्रत्येक परिस्थिति का पूरा अध्ययन करके कार्य का प्रारम्भ करना चाहिए। जल्दबाज़ी का काम कभी सफल नहीं होता। विपत्ति और अपने कर्तव्य का निर्णय करना उचित है।

101

स्थाल्यां वैदूर्यमय्यां पचति तिलकणांश्चान्दनैरिन्धनौघैः
सौवर्णैर्लाङ्गलाग्रैर्विलिखति वसुधामर्कतूलस्य हेतोः।
कृत्वा कर्पूरखण्डान् वृतिमिह कुरुते कोद्रवाणां समन्तात्,
प्राप्येमां कर्मभूमिं न चरति मनुजो यस्तपो मन्दभाग्यः ॥

मानव देह : पवित्र कर्मभूमि

मरकत मणि के पात्र में चन्दन की लकड़ियां जलाकर लहसन पकाना जिस तरह मूर्खता है और खेत में सोने का हल जोतकर आक की जड़ प्राप्त करना जिस तरह की नादानी है अथवा कोदो के खेत के चारों ओर कपूर के वृक्षों की बाड़ लगाना जैसा मूर्खतापूर्ण कार्य है, वैसा ही अनमोल मनुष्य-शरीर पाकर विषय-वासना के विष-वृक्ष को उगाना और उसके ज़हरीले फलों में आनन्द लेना भी मूर्खतापूर्ण कार्य है। भाग्यहीन व्यक्ति ही ऐसे मूर्खतापूर्ण कार्यों में शक्ति और समय को नष्ट कर सकते हैं। जो मनुष्य मानव-शरीर को पाकर उसे सच्चे अर्थों में कर्मभूमि नहीं बनाता और उस भूमि पर शुभ कर्मों के बीज नहीं बोता, वह अपने संचित पुण्य-कर्मों के मिलने वाले फल से वंचित रह जाता है।

मानव-शरीर बड़े पुण्य-कार्यों के परिणामस्वरूप मिलता है। श्रेय मार्ग की यह ऐसी सीढ़ी है, जहां से मनुष्य अपने अन्तिम लक्ष्य की यात्रा प्रारम्भ करता है। इस यात्रा की सफलता के लिए असाधारण तप की आवश्यकता है। तप किए बिना यह यात्रा मनुष्य को उन्नति की चरम-सीमा पर नहीं ले जाती।

तपश्चरण का अर्थ केवल शरीर को नष्ट कर देना नहीं है। इसका प्रथम कार्य यह होता है कि मनुष्य अपनी जन्मजात प्रवृत्तियों – राग, विराग, लोभ, मोह, भय आदि पर नियन्त्रण करे और उन्हें उर्ध्वगामी बनाए। इस संयम का नाम ही तप है। संयम का प्रारम्भ वाणी के संयम, चक्षु के संयम और कार्यों

के संयम से भी होता है। चित्तवृत्तियों का संयम करके मन को ऊंचे आदर्शों की ओर ले जाना ही मनुष्य का कर्तव्य होता है। इससे ही मन को शान्ति मिलती है। परोपकार के लिए ईश्वरीय प्रेरणा मिलती है। जो व्यक्ति इस पवित्र तपस्या की आंच में तन और मन को नहीं तपाता, वह कदापि जीवन के लक्ष्य को नहीं पा सकता।

यदि कोई मनुष्य, मानव-शरीर के मूर्धन्य पर स्थित मस्तिष्क का उपयोग न करके पशुवत व्यवहार करेगा उसके लिए मानव-जन्म पाना वृथा है, ऐसे व्यक्ति को कभी सच्चा ज्ञान नहीं हो सकता।

102

मज्जत्वम्भसि यातु मेरुशिखरं शत्रूञ्जयत्वाहवे,
वाणिज्यं कृषिसेवने च सकला विद्याः कलाः शिक्षताम्।
आकाशं विपुलं प्रयातु खगवत्कृत्वा प्रयत्नं परं,
नाऽभाव्यं भवतीह, कर्मवशतो भाव्यस्य नाशः कुतः॥

कर्मफल ही भाग्य–निर्णायक

हज़ार कोशिशें करने पर भी कोई आदमी अपने कर्मफल को झेलने से इनकार नहीं कर सकता। चाहे कोई समुद्र की गहरी खाई में गोता लगाए और चाहे सुमेरु पर्वत के शिखर पर चढ़ जाए, वह अपने प्रारब्ध के दायरे से दूर नहीं जा सकेगा। होनहार कभी टलता नहीं और अनहोनी कभी होती नहीं। मनुष्य का कर्मक्षेत्र कुछ भी हो, उसके भाग्य में लिखा हुआ फल अवश्य मिलेगा। जो भाग्यशाली होगा, वह अपने विघ्नकारी शत्रुओं को परास्त कर देगा और जो भाग्यहीन होगा, उसे हर क़दम पर नीचा देखना पड़ेगा। कोई व्यक्ति खेती करता हो या व्यापार, अथवा अन्य किसी कला में निपुण हो, प्रत्येक को अपने भाग्यानुसार अवश्य प्राप्त होगा। कुछ लोग जीवन के कार्यक्षेत्र को केवल इसलिए भी बदलते रहते हैं कि उन्हें वर्तमान में किए गए कार्यों का भरोसा नहीं होता। इनका मन अनेक शंकाओं में व्याकुल रहता है। इसीलिए वे कोई कार्य स्थिरतापूर्वक नहीं कर सकते। भाग्य पर भरोसा न करने वाला छत्रधारी व्यक्ति सदैव भाग्यहीन हो जाता है। कुछ पुरुषार्थी व्यक्ति संसार की समस्त विधाओं और कलाओं में कुशल होकर अपनी समृद्धि बढ़ाने का यत्न करते हैं। किन्तु संसार की सारी विधाओं और कलाओं को सीखने के बाद एक बड़े प्रयत्न से पखेरुओं की तरह आकाश में उड़ते रहने से ही कार्य-सिद्धि नहीं होती। कार्य-सिद्धि के लिए प्रारब्ध का अनुकूल होना बहुत आवश्यक है। जन्म-जन्मान्तर के संचित कर्मफल मनुष्य का पीछा नहीं छोड़ते। वृक्ष की घनी छाया के समान प्राचीन काल में किए गए कर्मों का फल मनुष्य का भाग्य बनाता ही रहता है। जो होनहार नहीं है, वह नहीं होता और जो होनहार है, वह हर तरह से होकर रहता है।

103

भीमं वनं भवति तस्य पुरं प्रधानं,
सर्वो जनः सुजनतामुपयाति तस्य।
कृत्स्ना च भूर्भवति सन्निधिरत्नपूर्णा,
यस्यास्ति पूर्वसुकृतं विपुलं नरस्य ॥

कोई भी कर्म विफल नहीं होता

जिस मनुष्य के पूर्वजन्म के कर्मों का फल उत्तम होता है, उसके लिए भयानक वन ही नगर बन जाता है और मनुष्य-समाज उसका हित-चिन्तक मित्र हो जाता है। समस्त पृथ्वी उसके लिए रत्नपूर्ण हो जाती है। हम सब ईश्वर की सन्तान हैं, किन्तु एक ही पिता की सन्तान होने से ही हमारे जीवन के सुख-दुख एक समान ही हो जाते हैं। कुछ बालक जन्म से ही सौभाग्य लेकर आते हैं। उनका जन्म होने के साथ माता-पिता के सुख-सौभाग्य में वृद्धि हो जाती है। उनके गुणों का विकास भी बहुत शीघ्र होता है। अपनी सहज प्रतिभा के कारण ये अपने साथियों से बहुत आगे बढ़ जाते हैं। कुछ व्यक्ति ऐसे विद्वान हो जाते हैं, जिन्हें एक बार के अध्ययन से ही सब कंठस्थ हो जाता है। कुछ बालकों का कंठ इतना मधुर होता है कि वे बिना विशेष साधना के शीर्ष गायक बन जाते हैं। अपने गुणों के कारण शिखर पर पहुंचने वाले व्यक्तियों की यही कहानी है। इनकी प्रतिभा का कारण इनके पूर्वजन्म के संचित कर्मफल होते हैं। भाग्यवश यदि इनका जन्म भयानक वन में हो तो उन्हें वहां भी राज्य प्रासादों का सुख प्राप्त हो जाता है। और जिनके भाग्य विपरीत हों, वे राजमहलों में जन्म लेकर भी भयानक वनों में भटकते रहते हैं। शिखर पर पहुंचने वाले इन भाग्यशाली व्यक्तियों का यश बहुत शीघ्र चारों ओर फैल जाता है। सारी दुनिया उनकी मित्र बन जाती है और पृथ्वी माता की गोद में उन्हें अनमोल रत्न प्राप्त होते रहते हैं। उचित यही है कि मनुष्य यह जानकर कि मेरा कोई भी कर्म विफल नहीं होगा, जीवन के अन्तिम चरण तक अच्छे कर्म करता रहे। यदि उसे अपने कर्मों का फल उसी जन्म में नहीं मिलेगा, तो अगले जन्म में इन सत्कर्मों के फलस्वरूप हर परम भाग्यशाली बनकर जन्म लेगा।

104

को लाभो-गुणिसङ्गमः, किमसुखं-प्राज्ञेतरैः सङ्गतिः,
का हानिः समयच्युतिर्निपुणता का धर्मतत्त्वे रतिः।
कः शूरो विजितेन्द्रियः, प्रियतमा काऽनुव्रता, किं धनं
विद्या किं सुखमप्रवासगमनं, राज्यं किमाज्ञाफलम्॥

कुछ व्यावहारिक सचाइयां

गुणी व्यक्तियों की संगति से बड़ा कोई लाभ नहीं और मूर्खों के संसर्ग से अधिक कोई दुख नहीं है। समय की हानि सबसे बड़ी हानि है। निपुणता धर्मानुकूल चलने की क्षमता में ही होती है। शूर वहीं है, जो जितेन्द्रिय है। पत्नी वह अच्छी है, जो पति के अनुकूल आचरण करे। विद्या से बड़ा कोई धन नहीं। अपने घर में रहने से अधिक कोई सुख नहीं। राज्य वही है, जहां राजा का सफल अनुशासन है। साधु-स्वभाव के गुणी व्यक्तियों के संग रहने से अधिक कोई लाभप्रद बात नहीं। व्यक्ति प्रायः अपनी परिस्थितियों से ही प्रभावित होकर भला या बुरा बनता है। सामाजिक प्राणी होने के कारण मनुष्य कभी अकेला नहीं रहना चाहता और साथी की तलाश जीवन के प्रारम्भ में ही शुरू हो जाती है। साथी अच्छे हों तो वह भी अच्छे मार्ग पर चल पड़ता है। मनुष्य का कौशल इसमें नहीं है कि वह अपनी कुटिल चालों से दूसरों को ठगकर आगे बढ़े। बल्कि यह है कि सामाजिक मान्यताओं और सर्वसम्मत विश्वासों का सम्मान करते हुए अपने गुणों का विकास करता जाए। धर्मानुकूल चलने में कुछ कठिनाइयां अवश्य आती हैं, किन्तु कठिनाइयों को पार करने की शक्ति भी मिलती है। धर्म मनुष्य को संयम की शिक्षा देता है, सच्चा संयमी ही शूरवीर होता है। संसार पर वही विजय पाता है, जो संयम से अपने पर ही विजय पाए। विद्या धन का सर्वश्रेष्ठ साधन है। विद्याहीन व्यक्तियों के धन से न तो व्यक्ति का कल्याण होता है और न ही समाज का। ऐसा धन ही सब बुराइयों का कारण बन जाता है। विद्वान व्यक्ति ही धन का सच्चा उपयोग जानता है। वह राज्य राज्य नहीं कहलाता, जहां अनुशासन न हो। अनुशासन बिना जो अराजकता फैलती है, वह देश को खंडित कर देती है।

105

अप्रियवचनदरिद्रैः प्रियवचनाढ्यैः स्वदारपरितुष्टैः।
परपरिवादनिवृत्तैः क्वचित्क्वचिन्मण्डिता वसुधा॥

तीन दुर्गुण – सर्वदा परित्याज्य

संसार में ऐसे पुरुष बहुत कम हैं, जो सदैव प्रियभाषी हों, कभी भी अप्रिय वचन न बोलते हों, अपनी पत्नी से सन्तुष्ट रहते हों और पराई निन्दा से बचते हों। ऐसे पवित्र मधुभाषी संयमी व्यक्तियों से ही पृथ्वी की शोभा बढ़ती है। सदैव प्रिय बोलना सफल जीवन का बीज-मन्त्र है। सच बोलना भी धर्म का आवश्यक अंग है, किन्तु हर सचाई को ऐसी शैलो से कहना कि उसमें कटुता की गन्ध न आए, बहुत बड़ी कला है। कई बार कटु सत्य की अपेक्षा मधुर असत्य कहना अधिक उपयोगी हो जाता है।

कटु सत्य कहने वाले प्रायः सत्यवादी और स्पष्टवादी होने का गर्व करते हैं, किन्तु सचाई यह है कि उनमें वाणी का असंयम होता है। मन में आई हर बात मनमाने ढंग से कहने वाला व्यक्ति कभी संस्कारी और सज्जन नहीं कहलाता। अपनी असंयत वाणी से वह अपने सगे-सम्बन्धियों और हितैषियों को भी अपने से दूर कर देता है और सदैव मधुर एवं संयत भाषा में बोलने वाले व्यक्ति के शत्रु भी मित्र बन जाते हैं। हृदय की कटुता ही प्रायः वाणी से प्रतिध्वनित होती है। कोमल-हृदय व्यक्ति कभी कठोर भाषा का प्रयोग नहीं करता।

अपनी पत्नी से सन्तुष्ट रहना भी गृहस्थ-जीवन की सफलता का मूलमन्त्र है। मनुष्य की यौन-प्रवृत्तियों के संयम तथा रचनात्मक उपयोग के लिए ही गृहस्थ-जीवन की कल्पना की गई है। अतः सद्-गृहस्थ के लिए अपनी कामेच्छा को पत्नी तक सीमित रखना सामाजिक सदाचार का अनिवार्य अंग माना गया है। इस सीमा का उल्लंघन करने वाले आदमी समाज के कलंक होते हैं।

उनका स्वच्छन्द आचरण सम्पूर्ण समाज को दूषित कर देता है। गृह-कलह का सबसे बड़ा कारण पति का पत्नी के प्रति अकारण ही असन्तुष्ट रहना ही होता है।

परनिन्दा में रुचि न लेना भी सामाजिक नैतिकता का महत्त्वपूर्ण अंग है। पीठ पीछे निन्दा करने का रोग इतना फैला हुआ है कि शायद ही कोई व्यक्ति इससे मुक्त हो। इन तीन दुर्गुणों से मुक्त व्यक्ति संसार में बिरले ही मिलेंगे! लेकिन संसार के सर्वश्रेष्ठ व्यवहार इन बिरले मनुष्यों की नैतिक आधारशिला पर ही अवस्थित हैं।

106

कदर्थितस्यापि हि धैर्यवृत्तेर्न शक्यते धैर्यगुणः प्रमार्ष्टुम्।
अधोमुखस्यापि कृतस्य वह्नेर्नाऽधः शिखा याति कदाचिदेव ॥

धैर्यवान व्यक्ति ही सफल होता है

जो व्यक्ति स्वभाव से धैर्यवान है, वह महान विपत्ति के समय भी अधीर नहीं होता। प्रज्वलित अग्नि की ज्वाला ऊपर ही उठती है, चाहे काष्ठ के उस भाग को नीचे की ओर मोड़ दिया जाए, जिसके अग्र-भाग में आग जल रही है।

किसी भी अवस्था में अधीर न होना सफल जीवन का अत्यन्त महत्त्वपूर्ण गुण है। प्रत्येक अवस्था में शान्त रहकर धैर्यपूर्वक अनुकूल समय की प्रतीक्षा करने का स्वभाव मनुष्य में बड़ी साधना से आता है। बच्चे प्रायः अधीर होते हैं। जिस वस्तु को पाने की इच्छा उनके मन में समा जाती है, उसे तुरन्त पाने के लिए वे व्याकुल हो उठते हैं और जब तक उसे हस्तगत नहीं कर लेते, तब तक चैन नहीं लेते।

जो माता-पिता अपने चंचल बच्चे की सब इच्छाएं पूरी करने में ही अपनी सार्थकता मानते हैं, वे बच्चे का भविष्य बिगाड़ते हैं। ऐसे अनुचित लाड़-प्यार में पले बच्चे कभी धैर्यवान नहीं होते।

जीवन-संघर्ष में वही सफल होते हैं, जिन्हें माता-पिता ने शान्त रहने और धैर्य रखने की शिक्षा दी हो। प्रारम्भ से ही उनके मन में संयमित रहने का स्वभाव बन जाता है। कार्य-क्षेत्र में उतरने पर ये व्यक्ति प्रत्येक कार्य को पूरी योजना बनाकर प्रारम्भ करते हैं एवं प्रारम्भ किए गए कार्य का इच्छित फल पाने की धैर्यपूर्वक प्रतीक्षा करते हैं।

अधीर व्यक्ति बिना योजना बनाए कार्य शुरू कर देता है और शीघ्र ही मनोरथ पूर्ण न होने पर बीच में ही निराश हो जाता है।

●●●